素晴らしき家族旅行　下

林 真理子

毎日文庫

素晴らしき家族旅行　下　目次

菊池家家系図

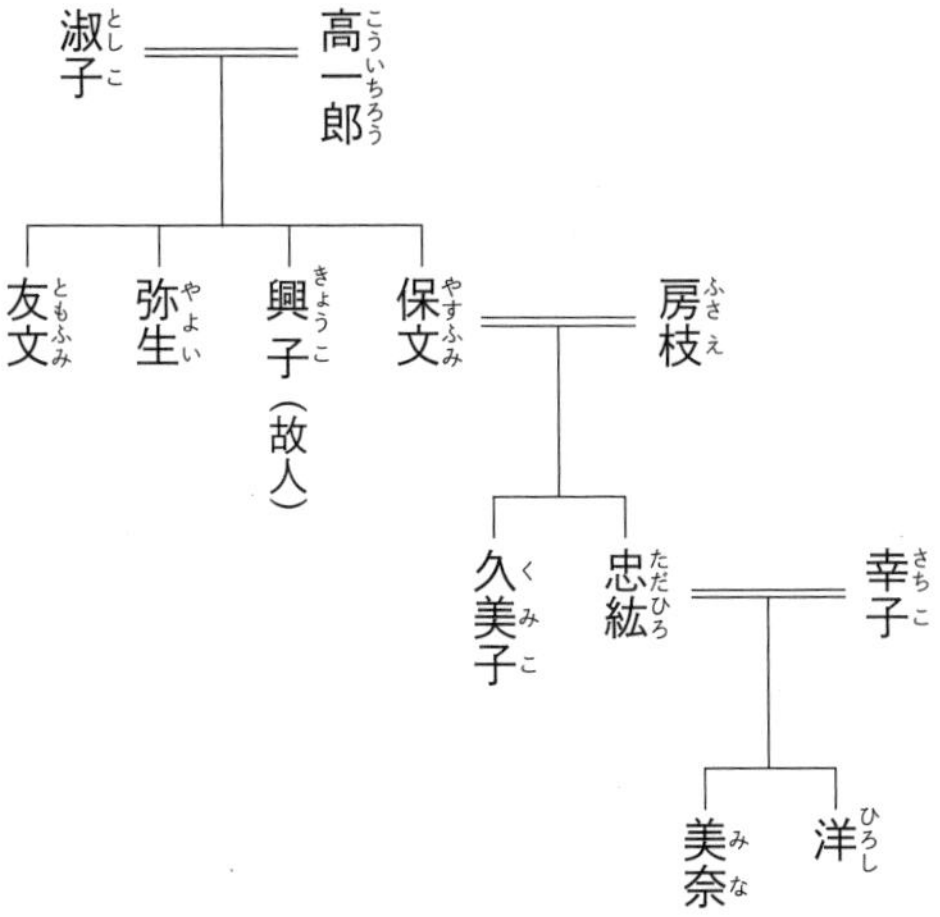
淑子《としこ》
高一郎《こういちろう》
友文《ともふみ》
弥生《やよい》
興子《きょうこ》（故人）
保文《やすふみ》
房枝《ふさえ》
久美子《くみこ》
忠紘《ただひろ》
幸子《さちこ》
美奈《みな》
洋《ひろし》

真夏の策略

幸子《さちこ》はとにかく腹を立てている。久美子《くみこ》がハワイから帰ってきても絶対に口を利《き》かない、そして今度こそきちんと話し合いをするつもりだと宣言した。

「あの人にとってもお祖母ちゃんはお祖母ちゃんじゃないの。それをさ、今までまるっきり知らん顔してて、今度はハワイ旅行だって！」

いつのまにか久美子は〝あの人〟になっている。

「ハワイだなんて、あの人私たちの気持ちを逆撫《な》でするつもりだよ」

「そんな、そこまでは考えてないよ、あいつは。そもそも僕たちがハワイへ行きたがってるなんてこと知らなかったじゃないか」

「いや、きっとお義母《かあ》さんが教えたよ。あのバイトだって何のためにやってるのか気づいてたはずだよ。それにさ、それにだよ」

ここでいかにも口惜《くや》しげに唾《つば》をごっくんと飲み込んだ。

「子どもが二人いるうちでハワイに行きたくないわけないじゃないのッ。私なんかさ、朝から晩まで働いて、あの人の夕ご飯までつくってあげてさ、じっと耐えてんのよ。そういう人を横に置いといてさ、よく一人でお気楽にハワイへ行けるよ、本当にさ、まあ」

「まあ、そう言わないでさあ」

どうしてこう次から次へと試練が降りかかってくるのだろうかと忠紘《ただひろ》は悲しくさえなってくる。今までは妻と母親との確執でとことん神経を磨《す》り減らしてきたが、今度は妻と妹の組み合わせだ。よく考えてみると、菊池家の中でこの組み合わせはいくらでも出来る。妻と叔母、母と叔母、妹と叔母、叔母と叔母……、ああ、頭がおかしくなりそうだ。

「あのさ、あいつは独身のＯＬなんだからさ、お気楽になっちゃうのも仕方ないじゃないか。ね、ねっ。ＯＬなんかお気楽が特権なんだからさ」

「じゃ私の特権は何よ」

幸子にじろりと睨《にら》まれた。

「人間はみんな平等だよ。ＯＬだから若いから楽しいことしてもいい、っていう考え、すっごい差別だと思うけどね。わたしゃ人権のためにとことん戦うよ」

「ちょっと、お前おかしなこと言い出すなよ。あ、もちろん冗談で言ってんだよね。ふっふっ」

「ふん、ひきつった笑い浮かべちゃって情けないね。ああ、本当に腹が立つ。どうせあの人さ、マカデミア・ナッツ・チョコを一個ぶら下げて戻ってきてさ、それでことが済んだと思うんだよ。あの人さ、今までにだってうちの子におもちゃ一個買ってきてくれたこともない。ハワイでTシャツの一枚でも買ってくれれば見直すけど、そんな気配り出来るもんかい。いい、見ててごらん、絶対にマカデミア・ナッツ・チョコだよ」

忠紘は貰《もら》いもののテレホンカードをありったけ持って家を出た。駅前に国際電話をかけられるボックスがあるのだ。

どうしてこんなことまでしなければならないのだろうかと、つくづく自分に嫌気《いやけ》がさしてくる。しかしトラブルの萌芽《ほうが》は小さな時に摘まなければ、後に大きな騒動になりこちらの身にはね返ってくることを忠紘は知り過ぎているのだ。

いつもながら国際電話がかけられるボックスの前は、肌《はだ》の浅黒い男たちがぶらついている。彼は電話をかけるでもなく、何となくそこにいたいらしい。以前は、

「テレホンカード、イル？　モッテルヨ」

としつこく話しかけてくる者もいたが、近ごろ警察がうるさく取り締まっているらしく、すっかり姿を見かけなくなった。おそらく公衆電話のまわりにいる連中は、ほんの一筋でも祖国と繋《つな》がるものの近くにいたいらしい。

「可哀想《かわいそう》だなあ」

忠紘はかなり同情しているのであるが、かすかにどこかで羨望《せんぼう》している。これだけ遠い場所に離れていたら、自分の家族というのはどれほど素晴らしいものに思えるだろうか。妻はひたすら優しく美しく、子どもたちは愛らしく、そして両親はただいとおしいものとして自分の中にあるだろう。

遠くにいて心の中で貴く得がたいものに育てていくのと、近くに居てしょっちゅういがみ合うのと、家族というのはどちらが幸福なのだろうか。

そりゃあもちろん後者の方さと忠紘の中で声がし、そして彼は国際電話の番号をまわす。久美子の泊まっているホテルの番号は、旅行会社から配られた印刷物で知ってしまっている。家からかけてもいいのだが、ＫＤＤからの通知で幸子がこのことを知ってしまったらまずいのだ。非常にまずい。すべてがおじゃんになってしまうだろう。

耳ざわりな呼び出し音の後、女が早口の英語でホテルの名前を告げた。

「クミコ、キクチをつないでくれ」

「ちょっとお待ち下さい」

しばらくまた呼び出し音がしたと思うと、意外なほどはっきりした久美子の声がした。

「ハロー、ハロー」

気取った声を出すんじゃないと忠紘は怒鳴りつけたくなってくる。お前に電話がかかってくるとしたら日本人からに決まっているじゃないか。それとも早くもあちらで心あたりの男でも見つけたのか。

「僕だよ、ハローなんてヘタな発音するなよな」

「はい？」

「僕、忠紘だってば」

「久美子さんですね、ちょっとお待ち下さい」

しまったと舌うちする。久美子は学生時代の友人と出かけたのだ。今出たのは彼女に違いない。

「やあね、急用かと思っちゃった」

ややあって受話器を握った久美子が叫ぶように言う。しかしいつもの不機嫌《ふきげん》な調子がない。やはりハワイの空と海というのは、人の心をこれほど柔和にするものだろうか。

「いま夕方五時よ。私たち、今から出かけるところ。松本さんはシャワー浴びてる最中だったのよ」

松本というのが同室の女なのか。そういえば前に聞いたことがある。

「ちゃんと時差を計算してかけてきてよね」

「計算したからこの時間なんだ。夜だったらお前いないだろ」

「そりゃそうだけど日本は昼どきよね。あ、そうか、お兄ちゃん、今日は公休日か……。それで何なのよ、ハワイまで電話してきたりして。まさかお祖母《ばあ》ちゃんに何かあったっていうわけじゃないでしょうね」

「お前な、よくそういうこと、シラーっと聞けるよなー」

「じゃ、本当に悪いの？　お祖母ちゃん」

「いや、そういうわけじゃないが」

忠紘はもじもじとする。こうしている間にテレホンカードは既に二枚使ってしまった。西岡から貰い、誰か若い者に恩着せがましくやろうと思っていたアイドル歌手のカードも吸い込まれていく。忠紘は意を決した。

「お前にちょっとお願いごとがあるんだけど、幸子に土産を買ってきてくれないか、あ、もちろん金は僕が出すからさァ」

「えっ、お義姉《ねえ》さんにお土産?」

「マカデミア・ナッツ・チョコもいいけどさ、シャネルとかエルメスとか、そういうものひとつ買ってきてやってくれないか」

「まあ、お兄ちゃんたら本当に愛妻家なんだから。お母さんがこぼすのも無理ないかもね」

完璧《かんぺき》に侮蔑《ぶべつ》に満ちた声が聞こえてくる。

「そんなこと言うなよ。そもそもお前がだな……。いや、そんなことは帰ってから話す。とにかくシャネルか何か買ってきてくれ。そいでお前からって言って渡すんだ」

「お義姉さんにシャネルっていっても何を買ってくのよ。口紅とか、香水でいいの」

「違う、そんなんじゃなくて、どかんとしたもんだ。例えばハンドバッグとか」

「あのね、お兄ちゃん、ああいうブランド品は全体の調和っていうもんがあるでしょう。いつもトレーナーにジーパンのおばさんがさ、シャネルのハンドバッグ持ってたってておかしいもんよ」

「それでもいい! ハンドバッグを買ってきてくれ」

「そこまで言うなら買うけど、こっちでも十万円以上するわよ」

十万円と忠紘は絶句する。

「お兄ちゃん、デパートに勤めてて、まさかそんなこと知らないわけないでしょう」

「そりゃ知識として知ってても、やっぱり自分が買うとなると衝撃が走るよ。それにしても二十歳やそこらの女が、よく十万のあれをひらひらさせて歩けるもんだよなぁ」

「そりゃあ、買おうとなると必死になるもん。どうすんの、本当に買っていく？　私、似合わないと思うけどなあ」

「うーん」

忠紘は迷う。こうしている間にも次のテレホンカードが吸い込まれていき、忠紘は決意を固める。

「わかった、買ってきてくれ」

「あのさ、お兄ちゃんの愛情は十分にわかるけど、シャネルはお義姉さんの雰囲気《ふんいき》じゃないと思うの。それよりもロエベとか、セリーヌとか年齢的に合うものいっぱいあるよ。プラダはちょっと若向きだけど、この頃《ごろ》ナイロン製でもシックで使いやすいものあるしさ、私に任せておけば、見繕っていいものちゃんと買っていくわよ」

久美子はすらすらと謎《なぞ》のような単語を口にする。それにしても彼女のこのにこやかな多弁はどうしたことであろうか。ハワイというのは行ったことがないが、これほどまでに人の性格を変えるものなのだろうか。

「どうだ、そっちは楽しいかい」

　やや気を取り直した忠紘は、儀礼的な質問をする。多分久美子は「まあまあね」と短く答えるはずだ。そうしたら「よかった、じゃあ気をつけて帰ってこいよ」と言い、電話を切ろう。いわば手紙の「かしこ」を言うつもりで問うたのに、思いもかけない返事が返ってきた。

「それがさあ、もう最高よ。食べ物はおいしいしさ、海は綺麗《きれい》だし。このツアーね、普通より高いから迷ってたんだけど、松本さんが、絶対にいいって。あの人、海外旅行にかけちゃベテランなのよ。その彼女がね、このツアーはホテルがすごくいいって。普段めったに泊まれないようなホテルだから、絶対にここにしようって言ったのよ。そしたらね、すっごいんだから、ビーチに面してて、ベランダも広いしさあ」

　何て奴《やつ》だ。テレホンカードをもう一枚入れながら忠紘はため息をつく。普段は必要最小限のことしか言わないくせに、国際長距離電話をかけたとたん、いつまでも受話器を離さないとは、いったいどういう性格をしているんだ。

「ツアーの中に若い女があんまりいないのよね、それで皆が親切にしてくれる。中にね、弁護士のご夫婦がいるの。その方たちがとってもよくしてくれて、今もクルーズの後、みなでお酒飲んだの」

確かに久美子の饒舌《じょうぜつ》ぶりは、アルコールが入っているものだ。

「それでね、その弁護士のご夫婦、すっごくいい人たちなの。特に旦那《だんな》さんが素敵よ、何でも知ってて話も面白いしさ、英語も喋《しゃべ》れる。それにお金持ちだからパリッとした格好してるの。どこへ行ってももの慣れてるし、私、すっごく憧《あこが》れちゃった」

「それゃあ、レベルの高い弁護士だよ。中にはひどいのもいるけどな」

「ふん、そんなのただのサラリーマンのひがみじゃないの」

忠紘は一瞬むっとしたが、国際電話で言い争うこともないとすぐに判断する。今も手品のように十一枚めのテレホンカードが吸い込まれていったところだ。

「じゃあ、土産頼むぞ、お前からっていうの忘れずにな」

それだけ言ってガチャンと切る。振り向くと外国人の二人連れが興味深げにこちらを眺《なが》めているのが見えた。おそらく日本人が国際電話をかけるさまが珍しかったのだろう。普通外国への電話は家や会社からかけるものと決まっている。

「ふん、こっちはいろいろ気を使ってるんだ」

忠紘は誰に言うともなく毒づいて、駅前の横断歩道を渡った。銀行の隣りに大阪鮨《ずし》の店があり、ここのあなご鮨が特に安くておいしいと幸子は言う。それを四人分買ってくるようにと忠紘は頼まれているのだ。

公休の日は必ず早めに祖父母の家へ行き、何かと手伝うというきまりが二人の間に出来上がっている。このあいだの騒ぎのどさくさで、そういうことになってしまったのだ。

そもそも祖母のめんどうをみるというのは、忠紘が言い出したことだ。異論があろうはずはない。けれどもこんなに暑い夏の日は、クーラーをがんがんにかけ、軽やかなショパンの小品を聞きながら本を読む、そしていつの間にかまどろみの中に入るような昼寝をしたいと願うのはいけないことだろうか……。

こんな時、忠紘はいつも妻の姿を思いうかべ、自分への戒めとする。大阪鮨の包みを持ち、バスに揺られながら、瞼《まぶた》の裏側に幸子の姿をきっかりと思い描く。エプロンをつけ、祖母の枕元《まくらもと》にいる幸子はけなげでいとおしい。おそろしいほどの早口でよくやり込められるが、それが何だというのだろう。あれほど優しくて気がつく女が他にいるだろうか。

さっき自分はなぜあのような吝嗇《りんしょく》なことを口にしたのかと忠紘は恥じる。十万円のハンドバッグに口をぱくぱくさせた。結果的に安い方を買ってくるように頼んだ。

こんな暑い日に病人の看病をしてくれる妻には、ダイヤをくりぬいたハンドバッグでも決して高価ではないのだ。

少々厳粛な気分で祖父母の家へ着き、チャイムを押した。しかし返答が何もない。買い物にでも行ったのだろうか、時計を見る。十二時少しまわったところだ。それに昼の弁当を持って忠紘が来ることがわかっているのに、遠くへ行くはずもない。

ふと不吉な想像に襲われ、忠紘はチャイムを押し続ける。親指に力のありったけを込め押し続ける。やがて廊下を走ってくる音がした。

「もお、うるさいってば。こういうヘンタイっぽい、偏執的な鳴らし方、やめてよね」

乱暴に鍵《かぎ》を開けた幸子の髪は乱れている。目も赤く充血している。どう見てもたった今起きたばかりの顔だ。

「お前、寝てたのか……」

「うん。お祖母ちゃんもよく寝てたし、私もお昼のワイドショー見ているうちに、うつらうつらしちゃったァ」

スリッパを揃《そろ》えながら、幸子は夫の何か言いたげな表情に気づいたようだ。

「何よォ、その顔、不満そうじゃないの。妻を咎《とが》める目だよ、それは。ちょっとォ、今日は午前中でも三十度近いんだよ、ひと仕事終わった私が、ちょっとお昼寝して何か悪いわけ？　夫からそんな目されなきゃいけないわけ？」

「そうだよ、忠紘がいけないよ」

幸子の大声は奥までつつ抜けだ。寝室に入るなり、その続きの叱《しか》り声は祖母から出た。

「こんな暑さは若い人でもまいっちゃうわ。幸子は頭がいいから、ちょっとの隙《すき》を見てすぐ横になる。夏を過ごすにはいちばん賢いやり方よ」

祖母の淑子《とし こ》は、いつのまにか幸子と呼び捨てにしている。気づくといつもそう呼んでいる。

「それに誰かが家の中にいて、気持ちよさそうに昼寝してるっていいもんだわよね。とっても気持ちが安らかになるし……」

「へえー、ものも言いようだよな」

忠紘は肩をすくめたが、もちろん温かな気分だ。誰かが妻をやたら贔屓《ひいき》し、やたら庇《かば》う、そして夫の自分がそれについて憎まれ口を叩《たた》くというシチュエーションはとてもいいものだと思った。今まではずっと正反対のことばかり続いていたのだ。両親、特に母親が幸子のことを悪《あ》しざまに言い、忠紘が弁護する。そして最後に投げつけられるあの笑い。

「あんたって本当に幸子さんのことになるとむきになるんだから……」

幸子はこの祖父母の家で、いつのまにかのびのびとふるまい、自由に昼寝までしていたのだと思うと忠紘は嬉《うれ》しい。

「さあ、昼飯を食べよう」

あなご鮨を高くかかげた。

淑子の布団《ふとん》の傍《そば》に、幸子は小さな折り畳み式のテーブルを出した。その上に冷たい麦茶、あなご鮨をちまちまと並べた。

「さあ、お昼にしようよ、お祖母ちゃん」

淑子の右手にスプーンを握らせてやる。

「お祖母ちゃんはお箸《はし》は使えないけど、おさじでちゃんとご飯を食べられるんだよねー」

まるで三歳の美奈に向かって言うような口調だ。よく見ると食べやすいように、あなご鮨は折から出され、ふた切れおわんに盛られている。糖尿の合併症もある淑子のために、きゅうりとワカメの酢のものも用意されていた。昼寝しているだけでなく、幸子は病人の祖母に対してこまやかに気を使っているらしい。

「あれ、お祖父《じい》ちゃんは」

「テレビ見てるよ。お昼のワイドショーを見始めるとね、いくら呼んでも駄目《だめ》。こわいぐらいにじいーっと見てんのよ」

「呆《ぼ》けてんじゃないのか、心配だなぁ」

忠紘の何気なく発した言葉は意外な重さを持ち、その場に暗く沈んだ。「バカ」と声に出さずに、幸子がものすごい形相で睨《にら》んでいる。

「もし、お祖父さんが呆けたら、お祖父さんを殺して私も死にますよ。もうこれ以上皆に迷惑をかけられないものね」

あなご鮨をゆっくりと口に運びながら淑子が言う。この頃《ごろ》祖母は「死」という言葉をよく飴玉《あめだま》のように舌にころがして楽しんでいるが、「殺す」という苦い飴玉は初めてだ。忠紘はごくりと唾を呑《の》み込んだ。

「ふっふっ、やだァ、お祖母ちゃんたら」

幸子がさもおかしそうに肩をすくめた。やや不自然なところはあるものの、とっさに大きな明るい声が出るのはたいしたものだ。

「またおかしなことを言ってるよ。お祖父ちゃん、昨日もスーパーへ行ってくれたじゃないの。帰りは一人でコーヒー飲んでくるしさ。こんなに元気で毎日出かけてる爺《じい》さん、どこが呆けるもんか。それにお祖母ちゃん、お祖父ちゃんと心中なんかされると困っちゃうよ。新聞沙汰《ざた》になっちゃってさ、ワイドショーなんかもくる。取材された私はテレビに舞い上がっちゃってペラペラ喋りまくって、評判を落とす。非常識な奥さん、っていうことになっちゃってさ、洋や美奈が結婚する時差《とき》しつかえる。美奈はハイミスになる。洋はぐれる。だからさ、くれぐれもおかしなこと考えないでね、家族の幸せのためなんだからさぁ」

ひと息にまくしたてる妻の顔を、忠紘はしばらくぽかんと見ていた。

「お前、よくそれだけ発想出来るよなぁ……」

「いえ、いえ、幸子は本当に面白いわよ。全くこの人が来てくれる日は楽しくってていいわ。弥生《やよい》だとこうはいかないもの」

淑子は実の娘の名を、うとまし気に発音した。

「あの人のことをあんまり悪く言いたくないけれど、女っていうのは結婚した男で下品にもケチにもなるわねぇ。娘時代はああじゃなかったのよ。高校の時の成績もまあまあだったし、友だちにも好かれて明るい子だったんだけど、いじましい男と結婚したら、本人もいじましくなったわねぇ……」

「やだぁ、お祖母ちゃんたら娘のことをあんなこと言って」

幸子は嬉しくてたまらぬように、小さな悲鳴を上げた。

「私のめんどうをこの頃よくみてはくれるんだけど、ぷりぷりしてるのがよくわかるのよ。私がこの家のことをあの子に任せないのが口惜《くや》しくて仕方ないんでしょうね。このあいだもこの家の名義はもう変えられないのかなんてことをくどくど言ってきてね」

「叔母さんたら、まだそんなこと言ってるの」

「私はつくづく嫌になっちゃったわよ。そこへいくと幸子は心根が違うわよ。苦労したことがちゃんと重みになっているんだもの」

幸子はまた「やだァ……」と言って照れた。

「私ねぇ、こんなふうな体になったから、本当に人の心が読めるようになったのね。弥生はもうどうしようもない。私が育て方を間違えたわよ。女なんてね、結婚したら夫と子どもがいちばんで親のことなんかどうでもよくなってしまう。だけど根のところが、もうちょっとしっかりした人間だと思ってたんだけど……」

淑子の目にまた粘っこい涙がたまる。この頃やたら涙もろくなっている祖母は、話もすぐにテレビドラマのようになっていくので忠紘は少々閉口しているのだ。特に忠紘と幸子の二人が揃った日は、くどくどと娘の悪口を言うことが多い。

「あれはね、年寄り独得の媚《こ》びなのよ。たぶん向こうには私の愚痴を言ってると思うけど、年寄りってあわれだよねぇ」

以前幸子が言っていたことがある。けれども今日の淑子の言葉はそれだけで終わらなかった。

「私、いっそのこと、あなたたち二人にこの家に来てもらえないかと思っているんだけどねぇ」

「えっ」

「そんな」

幸子でさえ驚いたところを見ると、この話は今まで持ち出されたことがなかったらしい。

「あなたたち、あのうちで苦労しているんでしょう。あそこは狭いし、房枝《ふさえ》はああいう女だ。あそこで幸子がどんなにつらいめにあっているかと思うと、私はたまらないのよ」

「お祖母ちゃん！」

幸子が感動の声をあげる。

青白かった淑子の顔にぽうっと赤みが差した。忠紘はこのところつくづく思うのであるが、女がいっとういきいきとするのは、他の女の悪口を言う時である。それまでしおたれていた女も、たちまち生気を取り戻すのだ。年とった女ほどその力は強い。

「私にはわかるわよ、忠紘の前でこんなこと言っちゃいけないっていつも思うんだけど、やっぱり本当のことだもの。房枝っていうのは心の底から冷たい女だ。だいたいあの女のつくる料理を食べてみたらわかるでしょう。口が曲がるほど不味《まず》いんだもの。私は房枝と暮らしていた間、こんな不味いものを食べたらすぐに死ぬと思ったものよ」

「お祖母ちゃんたら、そんな……」

言葉とは裏腹に、幸子の口元はゆるみ、目は輝きを持ち始めた。大好物の菓子にかぶりつく直前の顔だ。

「ああいう不味いものを食べさせれば、子どもの心だってゆがむわよ。忠ちゃんはそれでも私の手づくりのおかずを食べて育った時期があるけれど、久美子はいけないわ。私はね、あの子がハワイへ行ったって聞いた時は、情けなくって涙が出てきたわよ。私の看病なんかどうでもいいの。ただね、幸子の気持ちをどうして汲《く》んでやれないんだろう、そんなに情けない娘だったのかと思うと悲しくてねぇ……」

淑子の頰《ほお》に涙が伝わって落ちる。それをタオルで拭《ぬぐ》ってやる幸子の目も濡《ぬ》れていて、忠紘は本当にまずいところに来合わせてしまったと髪をかきむしりたい気分だ。女二人で泣きたいなら勝手にやってくれと叫びたい。自分だっていろいろと苦労しているんだ。こんなメロドラマみたいな真似《まね》はやめてくれよ。

もちろん彼はそんなことを言いやしない。それがもはや口癖になっている、

「まあ、まあ」

というかけ声が出るばかりだ。

「私はもう房枝や久美子に何の感情もないの。弥生だって娘ながらそら怖《おそ》ろしくなることがあるのよ。だけど幸子はねぇ、まるっきり血が繋《つな》がっていないけどいちばん信用しているの。よく孫娘は可愛《かわい》いっていうけど、それだけじゃない。幸子は本当にやさしい。情があるのよ。私はこんな体になったから、人の心がよく読めるのよ。幸子は本当にいい嫁だ。忠ちゃんはいいお嫁さんを貰《もら》ったわよ」

うわーんと、みるみるうちに幸子の口が大きくゆがむ。何年かに一度、幸子は子どものように大泣きをすることがあるのだ。四十代の女がこれほど身も世もなく泣けるものかと思うほど全身で泣く。そしてそれは何も悲しい時だけとは限らないのだ。

「お祖母ちゃん、嬉しいよォ。そんなこと言ってくれたのお祖母ちゃんだけだよォ」

幸子の鼻の穴から鼻水がほとばしり、それは口の端で涙と合流した。

「私さ、年上の嫁だからって、一回結婚してたからって、皆にひどいこと言われてさあ」

「うん、うん……」

「一度は死のうと思ったもんねぇ。だけどさ、あん時は洋がお腹《なか》にいたしさ、死ねなかったもんね。だけどね、お義母《かあ》さんがさ、四十の女が子ども産むなんて気味悪い、まともな子どもが生まれるはずないって言ってさ。私、そこまで言われるなら産もうって思ったよ。どんなにつらくっても産もうってさ……」

「おお、そうだろうねぇ」

しゃくり上げながら喋り続ける幸子に、淑子も泣きながらあいづちをうつ。忠紘は声も出ない。

いったいこれは何なんだ、まっ昼間から新派の芝居が突然繰り拡《ひろ》げられている……。

幸子が芝居じみたことを言ったり、泣き出したりするのには慣れているつもりだったが、淑子も加わり女二人で演じ始めるとかなりの迫力だ。観客の忠紘は唖然《あぜん》として二人の女の舞台を見るしかない。妻と淑子がひとつのタオルをかわるがわる使い出した頃《ころ》、忠紘はやっと言葉をかけることが出来た。

「お前、酒飲んでんじゃないのか」

「バカ言ってるよっ！」

タオルからぬうっと出した顔は、いつもの幸子の表情で忠紘はやや安堵《あんど》する。

「私はいま感動して、嬉しくって泣いてんのよ。どうして酔っぱらったなんて思うのよ。ふん、あんたみたいに酔わないと本音が出せない人とは違うんだよ」

そして幸子は、お祖母ちゃん、つまんないとこ見せちゃったねと照れた。

「私、この頃さ、急に感情がどばーっと出ちゃうんだよねぇ。これって更年期の始まりかねぇ」

タオルで首のまわりを拭う様子を見ていると、一分前の出来ごとがまるで嘘《うそ》のようだ。しかしたった今、ここで確かに二人の女は、抱き合うようにしておいおい泣いていたのだ。

「お祖母ちゃん、すっごく話は嬉しいけど、やっぱりいけないよ、あの話」

それどころか、ゆっくりと語り始めた幸子には、日頃あまり見られない理性のきらめきさえある。まるで夕立の後の、静かな夕暮れのような語り口調だ。

「私たちがこの家に住むなんてさ、やっぱり間違っていると思うよ。私は今の言葉だけで十分だよ。忠紘さんも同じ意見だと思うよ、ねえ」

「もちろん」

力強く答えたが、それまでどんな話題だったかとんと思い出せない。

「私たちがここに来たら、叔母さんも叔父さんも黙ってないよ。大騒ぎになってしまう。ほら、みろ、忠紘夫婦はキレイごと言っても、やっぱりあの家がめあてなんだ、ってことになるよ」

「いいじゃないの、言いたい人には言わせておけば。私は忠ちゃんと幸子がこの家に来てくれたら、いちばん安心出来るし嬉しいの。洋も美奈も可愛くていい子だもの、あの子たちがここいらでぴょんぴょんしてると思うと楽しくなるわ」

「お祖母ちゃん、それはやっぱり出来ないよ」

幸子は首を横に振る。こうした分別くさい表情になると彼女ははっきりと年齢が表れるようだ。口の横の長い皺《しわ》がくっきりと浮き出てくる。

「お祖父さんと保文《やすふみ》が二人でややこしいことをしているようだけれども、この家はもともと私の父が建ててくれたものなのよ。だから悪いようには絶対にしない。私たちが死んでも、忠ちゃんや幸子が住めるようにしておくから。ね、何の気がねもいらないのよ。私も死ぬ前ぐらいは自分の好きなようにしたいもの」

「私の言いたいのはそんなんじゃないの」

激しく泣いた後だったので、幸子の微笑は洗いざらしの布のように淋《さび》し気だ。

「あのね、忠紘さんは私と結婚したばっかりに、ずうっと菊池の家のアウト・ローだったでしょう。随分嫌な思いをさせてしまったと思うんですよ。それがこの頃やっと親戚《しんせき》から一目置かれるようになった。こんな時に私たちが嫌われるようなことをしたら元に戻ってしまうよ。もう少したてば忠紘さんの代になるはずだもの、私はその時に肩身の狭い思いをさせたくないんですよ。この人、意外とリーダーシップ取れる人だからね、皆の中心になると思う。その時のために今、後ろ指さされるようなことはしたくないの」

忠紘は目を見張ったままだ。とても妻の発言とは思えない。これがいつも自分のことを「時代遅れ」「長男だからどうしたっていうの」と毒づいている幸子だろうか。

「それにさあ、私のこともこの頃、弥生叔母さんとかも親切にしてくれる。このあいだはね、ブラウスをくれたんだよ」

「へえー、弥生が」

「もっともさ、貰いもんだったらしくて包みを直した跡があったけど、そんなことはどうでもいいんだ。今まで叔母さんがそんなに親切にしてくれたことなかったよ。それもさ、私がお祖母ちゃんのめんどうを看《み》てるからだよね。いまこの家に住むことになったら、私の親切もおかしな風にとられてしまう。ほら、見たことかってね。私は、そんなことになったら口惜しいよ。口惜しくて死んでしまいたくなるよ。だからお祖母ちゃん、それだけは勘弁して。その代わり今よりもっとここに来るからさ、ね」

「ああ、わかったわ、幸子はやっぱりいい嫁だわよね」

淑子はまたもやタオルを握りしめ両目に押しつけた。

帰りは二人でバスに乗った。並んで腰かけると、幸子の紺色のニットシャツからのぞく肘《ひじ》の裏側が、かすかにたるみ始めているのがよくわかる。バスが揺れるたびにそれはやわらかいさざ波をたてた。

「お前、さっきは何だかカッコよかったよな」

「よしてよ。お祖母ちゃんが湿っぽいことを言い出すから、私も釣《つ》られてついいろんなことを言っちゃったよ。恥ずかしいよ」

「いや、あんなに僕のことを考えててくれたかと思うと驚いちゃったよ。へえーって思っちゃったぜ」

「さっきも言ったじゃないの。あんたのためだけじゃないってば」

幸子は窓に目をやる。夏のたそがれはなかなかはっきりとしたかたちをとらない。ただ空気がどろりと重たく横に沈んでいるだけだ。人も車も急に無口になる、そんな時間の町を幸子は見ていた。

「あんたには言わなかったけどさ、四月が私の母親の十三回忌だったの。今度こそ出ようと思ったらね、従妹《いとこ》や伯母さんたちに止められた。まだ来ない方がいいってね。そりゃあそうだよね、亭主と子どもを捨てて若い男と逃げたんだもの。でも私、つらかったよねぇ。人の憎しみ受けたり嫌われるって怖いよねぇ。私はこの町でそんなことしたくないよ。だって私、この町でこれからもずっと生きていかなきゃならないんだもの」

「そりゃあ……、そうだよな」

バスが大きく右に曲がり、その拍子に忠紘の肘は妻の肘に触れた。熱い皮膚だ。もう遠い昔のことになるが、この熱さを手に入れるためならどんなことでもすると心に決めた日もある。親や家も捨てていいとさえ思った。争いの日が続き、それは穏やかな解決の道を辿《たど》ろうとしているが、そのことは妻にとって幸せなことだったろうかと忠紘はふっと問うてみたい気がする。いつものように冗談半分にではなく真面目《まじめ》にだ。けれどもそれはとても怖い。もし幸子が否《いな》と答えたならば、自分はどうしたらいいのだろうか。

忠紘にはわかる。いま、自分の横にぴったりと座り、体温を送り続けている小太りの女がいなければ生きてはいけない。愛している、とか、かけがえのない、という言葉でも説明出来ない。そう幸子こそ家族なのだ。父よりも母よりも切実に家族なのである。

「あのさァ……」

忠紘は心を込めてささやく。

「もうちょっと我慢しててくれよ。もうじききっといいことがあるからさ」

久美子がブランド品のバッグを持って帰ってくる。そんなささやかなことしか、今の自分は妻を喜ばせる方法がないと思うと、忠紘はつらくなる。

三日後、久美子がハワイから帰ってきた。白い肌がうっすらと焼け、薄めのトーストのような色になっている。それにノースリーブのシャツなど着ていると、久美子はとても若く見える。もうじき二十九歳の誕生日を迎える女には見えない。

幸子に約束どおりハンドバッグを買ってきた。いら草のからまったようなマークは、幸子はもちろん忠紘も知らないものであったが、いまパリでとても人気があるものだと久美子は力説する。

「あのさ、一時期スーパーモデルも使ってたのよ。その割にはシックで大人っぽいじゃない。お義姉さんにはぴったりだと思って」

そして殊勝げに目を伏せて言った。

「いつもお義姉さんにばっかり迷惑かけてるから、せめてもの私の気持ち。こんなもので許してもらおうと思っているわけじゃないけど受け取ってよね」

忠紘は自分の耳を疑う。自分が金を出すからハンドバッグを買ってきてくれとは確かに言ったが、こんな口上までは教えなかった。いったい久美子に何が起こったのだろう。

「ありがとう、久美ちゃん、本当に嬉しいよ」

こういうところは単純な幸子は、右手で撫でまわしている。マークは見たことがないが、とても上等な革だということは忠紘にもわかる。艶《つや》のある上品な黒のなめし革だ。

「会社やめたばっかりの久美ちゃんにこんなことをしてもらって本当に悪いわねぇ……」

久美子がハワイに行った直後は怒り狂って「あの人」だったが、すっかり元の「久美ちゃん」に戻っている。

ソーメンの薬味を買ってくるからと幸子が家を出た隙《すき》に、忠紘は財布を取り出した。

「悪かったな、幾らだった？」

「後でいいよ、お兄ちゃん、私、カードで払ったから。いま日本円で貰ったら違った値段でくるかもしれないし。請求きた時にして」

「うん、わかった」

「それに五百ドルぐらいだったのよ。財布を取り出したって、お兄ちゃんそんな現金を持ってるわけ？」

「お前、本当に嫌な奴だな、僕にもボーナスの時の特別小遣い入ってるから、すぐに払ってやるつもりだったのに」

「ふふ、ボーナスが出た時だけの特別小遣いかァ、可哀想《かわいそう》……」

久美子はそれが癖の、鼻に皺を寄せる笑い方をする。こういうところは少しも変わっていない。もっとも十日間のハワイ旅行ぐらいで人間の性格が変わるわけはないのだが……。

「お兄ちゃん、私ね、思いきってハワイへ行ってよかった。なんだか自分がすっごく変わったような気がするの」

「へっ？」

忠紘はどきりとする。たった今のこちらの心の内を見透かしたような言い方だ。

「ハワイ行って気持ちせいせいしたのも本当だけど、いろんな人と知り合ってよかったわあ。あのさ、弁護士の佐藤先生なんか最高なんだから」

「電話で話した人だな」

「そお、そお。佐藤先生ってね、素敵なのよ。スマートだし、どこ行っても場慣れしてるし。私たち後半の方になったら、もうグループのスケジュールなんか脱《ぬ》け出してさ、自分たちだけでいろんなところへ行ったんだよ。佐藤先生はハワイはもう三回めなんだって。この前は個人で来たけど、いいツアーに入って、いいホテル押さえてもらって、後は自由にやるのがいちばん安上がりだってわかったんだって。こういう考え方って、佐藤先生みたいに旅慣れた人じゃないと出来ないわよね」

久美子は〝センセイ〟と発音する時、鼻から独得の息の抜き方をする。よくこういう女がいるもんだ。〝トーダイ〟とか〝カイギョーイ〟などと口にする際、自分のことでもないのにすっかりうわずってしまう女だ。久美子は元々そうした要素が強い女だったが、ハワイで弁護士と仲よくなったばかりに、おかしな鼻息までするようになった。

「あのさ、佐藤先生、前に来た時にコンドミニアム買おうかって悩んだんだって。だけど今になってみると本当に買わなくてよかったたって」

妹の饒舌《じょうぜつ》を聞いているうちに、忠紘は次第に不安になってくる。もしかしたらこいつは、その佐藤とかいう弁護士に本気で惚《ほ》れてしまったのではないだろうか。

「その、佐藤とかいう弁護士はいったい幾つなんだ」

「えーと、奥さんの還暦のお祝いで来てる、っていうから、六十三、四っていったところじゃないの」

思わず忠紘は吹き出しそうになった。

「お前も情けない奴だな。向こうの若い男でもひっかけてくるかと思ったら、そんな爺《じい》さん婆《ばあ》さんたちとツルんでたのか」

「だって他のグループの人たちと一緒にいるより、ずうっと楽しかったんだもの。あのね、私、もしかすると佐藤先生の紹介で、弁護士さんの事務所に入るかもしれない」

「へえー」

「私と松本さんとでね、どこかに若い弁護士さんいたら紹介してくださいい、って佐藤先生に言ったのよ。あ、もちろん半分冗談でよ。そうしたらお見合いいろいろするよりも、弁護士さんの事務所に入る方がずっとてっとり早いって」

「つまり釣《つ》り堀《ぼり》に入れ、っていうことか」

「やあね、そんなんじゃないわよ。だって私はもうじき失業者なんだもの、そういうコネが出来たらすぐに飛びつくわよ。私、ハワイ行ってよかった。なんか運命って感じがしちゃう」

「へえ、運命ねぇ……」

忠紘はつくづくと妹の顔を眺めた。確かに久美子は変わった。このような大げさな言い方は、以前にはしなかったものである。目も、少し火照《ほて》っているようなノースリーブの腕も、南の国の熱をいまだに内に秘めているようだ。ぐっと早口になった。

「私さ、もうちょっと若かったら、きっとあっちに留学してたな。ううん、留学はもう無理だろうから、あっちに就職したかった」

「えらい、気に入ったんだな」

「うん、本当に楽しかった。毎日佐藤先生たちとミニゴルフしたり、泳いだりしてさ、もう毎日が天国みたいだった。私、心の底から思ったんだけど、一生をこのハワイの日みたいに暮らしていけたらどんなに幸せだろうなあって」

「そりゃあ、無理だぜ」

忠紘は即座に言う。

「お前な、ハワイは休暇で行って金を使ったから楽しかったんだ。いくらお気に入りのハワイだって、向こうで金を稼《かせ》ぐっていったらまたいろいろ大変だぜ」

「私が言いたいのはそんなんじゃなくて、何かさ、毎日がいきいきしててさ、生きててよかったなあって思うような日をおくりたいっていうこと」

「そんなの、ますます無理だな。ま、お前もそんなことを考えるなんて、まだまだ若いよ、驚いちゃうよ」

「もお、お兄ちゃんって夢がないんだから。どうして妹をそう打ちのめすようなことばっかり言うのよ」

「打ちのめすつもりはないけどさ、たかがハワイへ行ったくらいで、そんなにふんわかふんわかしてたら、先が思いやられるぜ。お前だってさ、これから職を見つけて、その後はかなり焦《あせ》って亭主見つけて、子どもでも産まなきゃならないだろう」

「お兄ちゃん」

久美子は忠紘を睨《にら》みつけた。目が光っている。小さくて黒目がちの目は、いつもは久美子を幼く善良に見せているのであるが、こうして見据《みす》えられると、ぞっとするような意志の強さがある。

「私が真面目に話してるんだから、そんな風に茶化さないで頂戴《ちょうだい》よ。あのね、私、自分を変えたいの。うまく言えないんだけど、自分にぴたってくる場所を見つけたいの。そうしたら佐藤先生に会ったでしょう。私、これがきっかけになるような気がして仕方ないのよ」

「ふうーん」

忠紘はため息をつき、まあ頑張《がんば》ってくれよとつぶやいた。幸子もそうだが、女がこう具体的でないことを言い始めるとさっぱりわからない。

狐《きつね》の嫁入り

幸子が電卓を振りながら、キキッと歯ぎしりのような声をたてた。

「ああ、もうヤンなっちゃったよォ。ヒトはどうして結婚なんかするんだろうねぇ」

「どうしたんだよ、急に大きな声を出さないでくれよ……。そんなにデカい声で、人はなぜ結婚するんだろうなんてむずかしいことを言われてもわからないよ」

「ふん、そんなにむずかしく考えなくてもいいよ。九月になるとさ、どうしてこんなに結婚式が多いのかなあって思ってさ。あんた、もう二回もお包み持ってってんだよ」

「そうかなあ……、披露宴《ひろうえん》行ったのは一回だけだけど」

「いいえ、呼ばれていないけどお祝いしたいって、このあいだ一万円持っていったじゃないの。私、上書きしたからよく憶《おぼ》えてるよ」

ぷんと唇《くちびる》をとがらせる幸子は、この頃《ごろ》家計簿をつけ始めている。すべてに大雑把《おおざっぱ》な彼女は、今まで金の出し入れには無頓着《むとんちゃく》であった。給料日前だというのに、うまいものが食べたいとなると、上等の刺身を並べたりする女だ。

「うちはいいよ、どうせエンゲル係数が異常に高いうちなんだから」

と居直っていたことさえある。それがこの頃、ノートを買ってきてはたんねんに数字を記入している。どうせ三日も続かないだろうと思っていたところ、なんと月末まで持ち込んだのだ。

それというのも、どうやら彼女は大きな野望を持ち始めたらしい。それはハワイ行きとは比べものにならないほど深刻なものであった。

「この近くにアパートを借りたいよね」

そう持ちかけたのはつい先日のことだ。

「お祖母《ばあ》ちゃんはさ、もう長期戦に入っちゃったしさ、私もここまで来たら、できるだけのことをしてあげたいって思ってるよ。でもさ、そうなってみるとうちの子たちがあんまりにも可哀想《かわいそう》じゃない。こんな狭いとこでさ、びくびく暮らしてるんだから」

同居はひとまずけりをつけて、この近くにアパートを借りたい。しかし船橋のマンションのローンを天引きされた給料では、三畳ひと間も借りられないと幸子は言う。

「私さ、言っちゃナンだけど、やっぱりお義父《とう》さん、お義母《かあ》さんたちが気を使ってくれるべきだと思うよ。〝気はお金〟なんだから。だけどあの人たちに〝気〟なんか、それこそ薬にしたくってもないもんねぇ。こっちから気を使ってくれ、って言うべきなんだろうけど、そうなったら口惜《くや》しいよねぇ。援助してくれ、なんて死んだって言いたくないよ、私はさ。ここまで意地でやってきたんだもの」

「金ねぇ……」

忠紘は腕を組む。

「僕もここんとこ苦しい生活強《し》いられてるもんなあ。小遣いは上げてくれないし、臨時ボーナスは吹っとんじゃったし……」

「えっ、何言ってんのよ。ボーナス、約束どおり二割ちゃんと渡してるでしょ。うちだってあれ、喉《のど》から手が出るほど欲しかったけど、あんたとの取りきめで仕方なくあげたのよ。ちょっとォ、いったい何に使ったの、あんな大金」

「いや、ちょっと、その」

焦《あせ》ったあまり舌がもつれた。あの金は久美子からの土産のハンドバッグに半分使われたとどうして言えようか。あのバッグによって、久美子のハワイ行き以来一触即発だった幸子の心はなだめられているのである。

「あれで飲み屋の支払いして、ＣＤや本を買ったら幾らも残らないよ」

「お酒だったらうちで飲めばいいじゃないの。さすが売り物だけあって、このうちはビールだけは豊富にあるんだから」

が、忠紘の必死の努力にもかかわらず、話はよからぬ方向へ進んでいく。

「でもさ、結構いやみ言われんだよ。私がこの頃ビール飲んでるとさ、幸子さん、キッチンドリンカーって知ってる？　だってさ。そりゃあストレスもたまるわよね、こんな家に居ればさ」

同居の際、しっかりとしたルールを決めておかなかったのがいけなかったと幸子は悔やむ。

「だけど仕方ないよねぇ、言ってみれば敵陣へ乗り込んでいくようなもんだったんだもの、私にそんな余裕ないよね。これがさ、親に頼まれてしぶしぶするような同居だったら、いろいろ条件つけられるんだけどね。若いお嫁さんなんかすごいよ。フルカワさんなんか……」

どれほど怒っている最中も、幸子は唐突に別の話題に飛んでしまうことがある。どうやらフルカワさんというのは、幼稚園の母親仲間らしい。

「同居の条件に、出来るだけ視界に入らないようにして欲しいって言ったんだってさ」

「姑《しゅうとめ》にか。同居して視界に入らないようにって、いったいどんな風にするんだよ」

「だから改造してさ、一軒の家の中を仕切ったんだってさ。もちろんトイレや台所も別だよ。入り口も別々。それから朝、ゴミを出したりする時も時間をずらして顔を合わせないようにしてもらうんだってさ」

「だったら、同居の意味がないじゃないか」

「それでもいいってお姑さんが言ったんだって。倒れた時にでも助けてもらえたらそれでいい、時々孫が来てくれるならそれでいいって。世間じゃ姑はそれだけ立場弱いんだよ、うちの話なんかすると、それこそみんなびっくりして腰を抜かすよ。お祖母ちゃんのめんどうみるために親と同居して、そのうえ姑にいじめられてるなんてさ。戦前の話なのって言われてるよ」

「お前、そんな家族の事情、人に話してるのか」

「いいじゃないの、主婦のコミュニケーションのひとつよ」

「それにさ、お袋はあれでも結構お前に気を使ってるんだぜ。そんなに意地の悪いことをしてると思わないけどなあ……」

「そりゃあ、あんたが身内だからよ」

幸子はぴしゃりと言う。

「子どもが騒ぐ、子どもの声がうるさいってしょっちゅう文句言ってるんよ。家に帰ると気が静まらないから、夜遅くまで店に居るんだってさ。この頃になってあんな時間まで店を開けてるのは、売り上げを伸ばすためじゃなくて、孫が嫌いだかららしいよ」

「おい、おい、つまんない近所の陰口本気にするなよな。本当にうちのまわりって、うるさい奴《やつ》らが多いんだから」

この町内は新興住宅地で、よそから移り住んできた者ばかりだ。老人も少なく、因襲などから縁遠い世代の夫婦とその家族である。それなのに、彼らは人の噂話《うわさばなし》をするという習慣をここでも忘れない。そしてどうやら菊池家というのは、彼らの絶好の的になっているらしい。

「そりゃあ認める。だけど、おたくのお母さん、言っちゃ悪いけど近所でも評判悪いよ」

「そうかなぁ……」

確かにそのことは薄々気づいていた。房枝にはこれといって仲のいい近所の女がいない。母親がどこかの家の主婦と立ち話をしていたり、誰かが上がり込んでお茶を飲んでいる、という風景を忠紘は少年の頃から見たことがなかった。普通の家というものはそうしたものだと思っていた。

ところがどうだろう。以前住んでいた船橋のマンションには、たえず洋の幼稚園の母親仲間が遊びに来ていたものだ。幸子の買い物の帰りが遅い時は、店の主人と話し込んでいる時か、そうでなかったら途中で誰かにつかまり、家の中に引き入れられたのだと思えば間違いがなかった。

そうした妻の陽性を忠紘はとても気に入っているのだが、そうかといって母親を否定されるのはつらい。

「あのさ、言いわけめいて聞こえるかもしれないけど……」

「あんたのはいつも言いわけだよ」

「ちゃんと聞けよ。前にも話したと思うけど、ほら僕は中学の途中から附属に通ってただろ。あの頃、私立へ通う子どもなんかいなかったから、僕はひとりぼっちになったよ。お袋もそうだったと思うよ」

「そうそう、酒屋の息子が私立へ行くなんて生意気だって、近所から何軒もビールとってくれなくなった家が出たんでしょう」

「お袋はさ、もともと見栄《みえ》っぱりで気の強い女だけど、あれ以来、ますます意固地になったところがあるよな。孤高を守るつもりだったんじゃないのか」

「へえーっ、孤高ねえー、コケコッコー」

幸子はふざけて、ニワトリの鳴き声を真似《まね》る。

「孤高とはねぇ、あんたならではのやさしい解釈だよね。わたしゃ、ただの意地の悪いおばさんだから、皆も寄ってこないだけだと思うけどねぇ。それにさ、私が近所にリサーチしてわかったことなんだけどさ、お義母さんも評判悪いけどさ、お義父さんもそんなによくないよね。変わり者だって皆が言ってるよ」

「親父《おやじ》が？」

忠紘にとって保文はそれほど強烈なイメージを持たない。房枝と喧嘩《けんか》をするわけではなく、そうかといってやり込められているわけでもない。とにかくすべてのめんどうくさいこと、労力がいるものから身を避けようとしているかのようだ。忠紘は自分の中に、保文との共通点を幾つも見つけ、それを払いのけようとこの何年か努力し続けてきたような気がする。まあ、父親と息子というのはそうしたものであろう。

「変わってる人よねぇ、っていうのはみんな言ってるよ。ニシカワさんの奥さんも……」

ニシカワさんというのは、四軒隣りの白い二階建ての家の主婦らしい。幸子は忠紘もよく一致しない近所の女たちの顔と名前をすべて把握《はあく》した。それにしても、祖母の看病や子育てで忙しいのに、いったいいつニシカワさんとお喋《しゃべ》りをしている時間があるのだろう。

「あのさ、何年か前に、どぶ掃除の後の慰労会があったらしいよ。今は業者に頼んじゃうけど、当時は近所総出でやったんだって。それでニシカワさんが、お義父さんの隣りに座ったら、おたくのご主人は幾ら給料貰《もら》いますかって突然尋ねたんだって。それでね、奥さんが適当に多めに答えたらね、それじゃあ自分の方がずっと収入がありますなあってエバったんだってさ。なんだろう、このおじさんは、ってニシカワさん、むっときちゃったんだってさ」

「親父らしいなあ」

こらえようとしても笑みがこぼれてしまう。

「ほら、親父って勤めたことが一度もないから、そういう社会常識みたいなものがおかしいんだよ。まるで子どもみたいなところがあってさ、おかしなところで自慢したりする。中小企業のオヤジによくいるタイプさ」

「そうかぁ……、なるほどねぇ、確かにお義父さんは社会常識ないかもね。私はねぇ、いつか気づいてくれるんじゃないかと思って、毎日待ってたんだけどね」

「何に気づくんだよ」

「決まってるじゃないの、うちの窮状に関してよ」

「うち、そんなに苦しいのか」

幸子は大きく頷《うなず》いて、目の前のノートを差し出した。どうやら婦人雑誌の付録の家計簿のようだ。九月から記入しているのがいかにも幸子らしいが、それだけ切迫しているということになる。

「そりゃあね、確かに家賃もいらないし、食費もお義母さんから貰ってるよ。だけど私たち世帯を二つ持っているわけだから苦しいよ。船橋のマンションも、まるっきり住んでいないからってお金がかかんないわけじゃない。ローンはあるし、水道や電気の基本料金は払わなきゃならない。その他いろいろ出てくよ」

「……」

「それにさあ、私たち、ここに来てもう五カ月になるよ。お祖母ちゃんが突然寝込んじゃったっていうから、後先考えずにここに親子四人で来たけど、それがまずかったよねぇ。いつまでたっても狭いとこに間借り生活だよ。これじゃ子どもが可哀想だよね」

「やっぱり船橋に帰りたいのか」

「馬鹿《ばか》、そんなこと言ってないよ。あの話し合いの席に、お祖母ちゃんが這《は》ってきた時、私は言っただろ、こうなったら私がめんどうをみるって。私も女だからね、こうなったら最後までめんどうみるよ」

「最後までねぇ……」

忠紘が思わずつぶやくと、幸子も自分の発した言葉の重さにしゅんとした。それは途方もない長さに思われる。もしかしたら明日かもしれないし、もしかすると十年先かもしれない。いずれにしても忠紘と幸子は一人の人間の一生、もうほんの少ししか残っていないものだとしてもだ、それを引き受ける責任と義務を負っているのである。

「だけどこのままじゃ、やっぱりいけないと思うよ。こんな緊急体制みたいなことが長く続くはずがないもの。私、よおく考えたんだけど、私たちが近くにアパート借りるのがいちばんいい」

「だけど金がない……」

家計簿の最後の数字を見ていた。幸子はわざとらしく赤のボールペンで書いているのだ。

「だからさ、この家から私に少しでもいいからお礼をしてくれないかなあ……なんて」

お金の話をする時、幸子はいつも照れて、最後の言葉を濁す。彼女が言うには、博《はか》多《た》っ子も江戸っ子と同じで金の話が苦手だそうだ。

「僕が親父と話し合ってみるよ、そのことに関して」

「そのさあ、その話し合うっていうのが問題なのよ。さっきから言ってるとおり、微妙なむずかしい問題なんだから」

幸子は言う。お金は本当に欲しい。近くのアパートを借りられるぐらいのお金が毎月入ってきたらどんなにいいだろうか。けれどもそれを房枝と保文に言い出すのは本当につらくて口惜しい。自分が今までしてきたことがすべて無になってしまうような気がする。

「弥生叔母さんさ、この頃一日おきぐらいに来てくれてさ、お祖母ちゃんのめんどうみてくれる。あの一件で仲直りしたみたいで、よかった、よかったって思ってたんだけどさ、どうやら叔母さん、私の見張りに来てるんだよねぇ」

「叔母さんが、お前をか」

「そお、お祖母ちゃんが私のことを気に入って、どうやら一緒に暮らしたがってることを気づいたんだよね。だから気が気じゃないんだよ」

「そこまでするかなあ……。叔母さんはうちの親父やお袋には怒り狂ってたけど、お前に関しちゃ素直に感謝してると思っていたけどなあ」

「あんたって、本当に人の心の裏が読めないんだから」

幸子はまるで怪談を喋る時のように声をひそめた。

「あのさ、ヒトはさ、お金が目の前にぶらさがってるとさ、みんなおかしくなっちゃうの」

「そうかなあ」

「そう。私たちみたいに若い時はまだいいけど、叔母さんはもう五十過ぎてるからね。もうお金が入ってくるチャンスはないもん。親の遺産のことじゃ必死になるわよ」

四十六歳の幸子は勝ち誇ったように言う。

「お祖母ちゃんが嘆くのは無理ないよね。実の娘がハイエナみたいに目をギラギラさせてるんだもの。あの叔母さん、近頃やけに疑り深くなっちゃってさ、お祖母ちゃんから何か頼まれた？　なんてことあるごとに聞くんだよ。私さ、頼みごとって何ですか、そういえば紙おむつ、テレビのＣＭに出てくる新製品に替えてくれって言ったことかしら、なんて、とぼけちゃったけどさ用心、用心」

だから義父母に金のことを言い出すのは、弥生に、それみたことかと言われそうだと幸子は主張する。

「だからね、こっち側が言い出したことじゃなくて、あっち側が気を使ってくれてさ『いえいえ、私たちはそんなつもりじゃ』『いや、幸子さんこちらの気持ちをせめて』『そんなこと困ります』っていう光景が欲しいわけ、わかる？」

「はっきり言って、それはむずかしいと思うなぁ……」

いつのまにか忠紘は腕組みをしている。

「うちの親は、そういうことに気づく人間たちじゃないからなぁ」

「そおだよ、そこなんだよ」

幸子は勢い込んでテーブルをぴしゃりと叩《たた》き、麦茶のコップは小刻みに揺れた。

「おたくの親の気配りなんか期待してたらねぇ、百年たっても何にも起こりゃしないよ。私はねぇ、もうそういうことをいっさい考えないように人間が出来てきたんだからねッ」

「……」

「だけどさ、やっぱりお金は欲しいしさ、なんとか部屋を借りたいと思ってるよ。それでさ、マルヤマさんから話を聞いたわけよ」

マルヤマさんも、おそらくどちらかの子どもの母親仲間らしい。次から次へと人物が登場してくるので、忠紘は頭に入れることが出来ないのであるが、これには珍しく解説が入った。

「マルヤマさんっていうのは、ほら、おたくの店と駅の反対側にある和菓子屋だよ。今だと水ようかんがおいしくってさ、このあいだもテレビで紹介されたんだよ。この頃さ、ああいうグルメ番組って、都心じゃもうネタが尽きてるみたいだから、私鉄沿線の知られざる名店って感じで取材に来たんだって。聞いたこともないような女のタレントが来て、水ようかん五個も食べてったんだって。芸能人も楽じゃないわよねぇ、ってマルヤマさんは言ってた。名前は最後まで憶えられなかったけど、お爺《じい》ちゃんは色紙三枚も貰ったっていうから笑っちゃうよね。だけどさ、テレビの威力はやっぱりすごくってさ、映ったその日から電話が鳴りっぱなしで、あのうち大変だったんだってさ」

　それが自分たちとどう結びつくのかわからず忠紘は苛立《いらだ》ってき始める。しかしもう少しの我慢だ。幸子の話は長くとりとめもないが、必ずオチがつくことになっているのだ。

「マルヤマさんはさ、菓子屋のお嫁さんっていってもさ、まだ子どもがうちの美奈と同じだから店を手伝ったりはしないわよ。たまにお姑さんが出かける時に店番するぐらい。店員さんもちゃんと一人いるしね。だけどさ、ちゃんと従業員っていうことで給料貰ってるんだよ」

「税金対策だろう。小さな商店じゃよくある話だよ」

「だからさ、あんたのうちで出来ないはずはないじゃないの」

幸子は睨《にら》むように忠紘を見た。

「あんたのうち、有限会社でしょう。この幸子さんにさ、月々のものを呉《く》れるなんて簡単なことだよ。わたしゃ今日から店員になるよ」

たとえ家業を手伝っていない者でも、店員ということにして給料を払う例は世間にいくらでもあるというのだ。

「お義父《とう》さんたちもさ、私たちに金を出すっていったら抵抗あるだろうけどさ、税金対策上私にちょびっと給料くれるっていうのはさ、案外すんなりやってくれるんじゃないの。少なくとも私に後ろめたいところがあったらそのくらいしてくれるはずだよ」

そして忠紘にさりげなく切り出せとせっつくのである。

「人から聞いたんだけどこういう話もあるらしいね、っていう感じで話を持ち出してよ。あれでさ、お義父さん、案外人のいいところがあるからさぁ、そうだ、幸子さんにはそのくらいのことをしてやってもいい、ぐらいのこと言うかもよ」

「そんなに話がうまくいくかなぁ」

「うまくいかせるのがあんたの手腕っていうもんじゃないの」

幸子は苛立たし気に叫んだ。

「ものごとっていうのはね、すべてドアを叩くところから始まるんだからさ。叩けよ、さらば与えられんって聖書にも書いてあるよ」

何だか違うような気がするが仕方ない。忠紘は二日後、〝早出〟の日の帰りに店に寄ってみることにした。最近両親とも店から帰ってくるのが遅い。

「ビールが売れる季節《とき》だから、早く閉めるのはもったいないからねぇ」

と房枝は説明していたのであるが、その原因はどうやら二人の子どもにあるらしい。元々大人三人で静かに暮らしていた小さな建売住宅に、突然大人二人と幼い子ども二人が飛び込んできたのだ。飽和状態になるのは当然のことである。どうして誰からも改善案が出なかったのか、よく考えると奇妙な話だ。

突然祖母が寝たきりになり、祖父だけではめんどうみきれなくなった。けれども母親は祖母を嫌い抜いている。看病などとんでもないことだ。そして登場したのが幸子で、彼女は嫁として認められたいという思いで、献身的な行動に出た。それぞれの野望と思惑がからみ合い、それが一見何ごともなかったような暫定《ざんてい》的な同居を持続させていたのだ。

けれどももう限界だと忠紘は思う。そして親の持っているビルを眺《なが》めた。一階に「リカー・ショップ　キクチ」としゃれた看板が出ている。三十坪の敷地に建てられた三階建ての小さなものであるが、それでもビルであることに違いない。

自分の親がちょっとした財産家であるという考えは忠紘に勇気を与える。そうだ、この中から自分たちにほんのちょっぴりの分け前を貰う。それがどれほどの負担になるというのだ。

店の扉《とびら》を開けると、ちょうど房枝は客のレジを打っているところであった。駅から帰る途中らしい若いサラリーマンが、ビールの缶《かん》を三本と、つまみ類をカウンターの上に置いている。木曜の長い秋の夜を、これから一人で楽しむのだろう。

「今日はお早いですね」

「そりゃあ、そうだよ。残業がなくなっちゃったんだもん」

「でもいいじゃありませんか。自分の自由な時間が出来たと思えば」

「そうでも考えなきゃ、やってけないかア。だいいち遊ぶ金もないしな」

日本酒の棚《たな》の前で忠紘は母親の姿をしばらく見つめていた。不愛想でやたら権高《けんだか》い女、と幸子は姑のことをよく非難するが、それでも店に立てば商家のおかみさんらしい愛想を振りまいているのだ。

ふと幼い日のことが甦《よみがえ》る。まだこの店を建て直す前、一家が二階に暮らしていた頃《ころ》だ。学校から帰ると前掛けをした房枝が酒の箱を積んでいた。若かった母は今よりももっと痩《や》せていて、一升瓶《びん》を何本も入れた木の箱は大層重た気に見えたものだ。手伝おうと手を出したら馬鹿と叱《しか》られた。

「制服が汚れちゃうじゃないか」

あの独得の上着を着ていたことが記憶にあるから、忠紘が附属中学に入った時だったろう。

「忠ちゃんはこんなことをしなくてもいいから勉強をしなさい」

酒造メーカーの名を染めぬいた前掛けをつけた母親は、そうやってうっとりと息子の制服の衿《えり》のあたりや、校章を眺めたものだ。

確かに見栄っぱりで変わったところのある母親であるが、息子の幸福だけを考えてくれていた日もあった。当時の房枝の大きな夢は、息子をぱりっとしたサラリーマンにするということであったが、それは確かにかなえられた。けれども彼女は今決して幸福ではない。それは誰のせいだろうかと考えると、忠紘は急に房枝がふびんに思われてくる。

「やあ」

男の客が出ていった後、忠紘はやや照れて右手を上げた。

「忙しそうだね」

「そんなことないわよ。昔は秋から日本酒が出てったもんだけど、今はそんなこともないしねぇ」

さっき客に話しかけた時とは別人のような、意地の悪い皺《しわ》が房枝の口の両脇《りょうわき》に発生する。

「親父《おやじ》は」

「さっきまで居たけど、飲みに行ったんじゃない。いつものとこに」

皺はぐにゃりと深く長くなる。

〝いつものところ〟と房枝が言うのは、この駅前通りのはずれにあるスナックのことだ。

中学の途中から私立に進み、ひとり電車通学していた忠紘には親しい幼なじみというものがいない。店をビルに建て直し、住居を引越してからというものは、昔の仲間とはますます疎遠《そえん》になった。かつての小学校の同級生たちは大半がサラリーマンになり、この町を出ていった。残った数少ない者が家業を継いでいるが、久子もそのひとりである。

忠紘が子どもの頃、久子の家は昔からの布団《ふとん》屋であった。店先にまで綿布団やマットレスを積んであり、下校する途中の悪童たちは、よくそれに体をぶっつけて遊んでは叱られたものだ。久子は自分の家で売っている布団のように、丸々とふくらんだ少女で、親父に怒鳴られた子どもたちは腹いせに時々「デブ」と囃《はや》し立てたりもした。

ところが大人になった彼女は、ほっそりとしたなかなかの美人になり、父親の死をきっかけに布団屋を畳んでスナックを始めた。いつもべそをかいていたような久子に、どうしてあのような才覚があったのかわからない。

「ドンキー」と名づけられたスナックは、カラオケも置いてかなりの盛況である。と言っても忠紘は二、三度行ったぐらいだ。

ランドセルを背負っていた少女時代を知っている身としては、彼女がラメ入りのブラウスを着、水割りをつくっている姿を見るのはどうも面映《おもは》ゆい。それに水商売をしている者の常として、久子は「忠紘ちゃん、忠紘ちゃん」とやけに狎《な》れ狎《な》れしく呼びかける。それが苦手であった。近親相姦《そうかん》の二歩手前のような気分なのだ。

ところが父の保文は「ドンキー」がかなり気に入った様子である。

「地元値段で飲ましてくれるから」

と言いわけしながら、近所の商店主仲間を誘ってはしょっちゅう入り浸っているらしい。保文は権高い妻を持ったおかげで、駅前の商店街からも何とはなしに浮き上がった存在であったのだが、六十を越してからというもの彼らと親しく交わるようになった。どうやらカラオケ仲間というような連中がいて、遅まきながら歌う魅力も知ったらしい。

「そりゃそうだよねぇ。お義母《かあ》さんみたいな女房だったら、人生何かの楽しみを見つけなきゃやってけないもんね」

幸子はかなり面白がっているのであるが、忠紘はこんな風にひとりレジに立つ母親を見ていると、いつになく哀れさがこみ上げる。

父親でさえ少しずつ自分の出口を探そうとしているのに、房枝だけは相変わらずかたくななままに老いていくのだろうか。

「たまには飲みにいかないか」

不意にそんな言葉が口をついて出た。

「今日は早く店を閉めてさ、親父と三人でさ『ドンキー』にでも行こうよ」

「ふん」

房枝は口の端をゆがめて笑う。それは拒否というよりも忠紘の全存在を否定するような笑いである。

「そんないいご身分じゃないわよ。うちみたいな商売をやってたら、人様の遊んでいる時に一本でも二本でもビール売らなきゃ食べていけないんだから」

「そんな言い方するなよオ」

忠紘の優しく温かい思いがいっぺんに消えた。全くどうやったらこれほどみじめたらしい言い方が出来るんだろうか。いつもこちらの気分が悪くなるようなことばかり口にするのだ。

「そういうことばっかり言ってるからさぁ、ぎすぎすした婆《ばあ》さんになるんだよ」

「ぎすぎすで結構よ」

房枝はふんと鼻を鳴らした。

「あなたみたいなお調子者に指示されたくないわよ。私は私のやり方があるんだからほっといて頂戴《ちょうだい》よ」

何だろう、この目は。確かに自分を睨みつけている。母親が息子に向ける目ではない。もしかすると母は本当に自分のことを憎んでいるんだろうかと忠紘は空怖《そらおそ》ろしくさえなってくる。

「僕さあ……」

唾《つば》をごくりと飲み込んだ。

「僕ってさ、やっぱり親不孝してるんだろうか……」

房枝はまたふんと笑う。全くどうしたら人の心を凍りつかせるようなこんな笑いが出来るんだろうか。

「あんたがいけないんじゃないわよ」

笑いは固くこびりついたままで、それは忠紘ではなく房枝自身に向けられたものだということがわかる。

「私が馬鹿《ばか》だったんだもの。そこそこにしとけばよかったわよねぇ。そうしたらあの時、あんなにつらい思いしなかったものねぇ」

〝それ〟や〝あれ〟ばかりではっきりと言葉にしない。したくないのだろう。それほど房枝の絶望は大きく、いまだに尾をひいているのだ。

「あのさ、僕は今のままで結構、いやかなり幸せなんだけど、そういうの見てても許せないわけ？　子の幸せは親の幸せって思わないわけ？」

「私があんたに望んでたのは、あんなレベルの幸せじゃなかったけどねぇ」

房枝は傍《そば》の養命酒の箱を取り上げ、それを布で拭《ふ》き始める。

「あんなんで幸せと感じてる、今のあんたを見てるのは親としてつらいわよ。さぁ、もうお帰り」

　結局ひとりで忠紘は「ドンキー」の扉を押した。いきなり保文の丸まった背中が目に飛び込んできた。どうやらカウンターのいちばん端が保文の定席らしい。似たような年格好の男が二人、左側に並んでいる。

「や、菊池さん、ご自慢の息子が来たよ」

「忠紘ちゃん、久しぶりだねぇ、さ、ここにどうぞ」

　ひとりの男は見覚えがある。近くのスポーツ用品店の主人だ。小学校の頃、学校指定の運動靴《ぐつ》はいつもこの店で買った。が、もう一人の男はどうしても思い出せない。曖昧《あいまい》な忠紘の表情に気づいたのだろう、彼はやあだなァと自分の頭を叩いた。

「いくらここが薄くなったからってひどいじゃないか。村田屋のおじさんを忘れたのかい」

「ああ、菓子屋のおじさん」

「リカー・ショップ　キクチ」から四軒離れた店だ。房枝の方針であまり甘いものを食べさせてもらえなかったし、買い喰《ぐ》いも厳禁だった。およそ商店街の子どもとは思えない少年時代を過ごした忠紘だったが、それでも時々はガムやおまけつきチョコを買ったことがある。

目の前の老人の顔から皺やたるみをとり、何よりもふさふさとした黒い髪を頭にのせると、確かにショウウインドーの前に立っていたあの男になる。

「忠紘ちゃん、何してんのよ。せっかく席を空けてくれたんだから早く座りなさいよ」

カウンターの中の久子が声をかける。忠紘ちゃんはないよなあと、くすぐったいような腹立たしいような気分だ。だから幼なじみの女がやっている酒場なんかご免なんだとひとりごちた。

今夜の久子は花柄《はながら》のブラウスを着ている。ブラウスといっても、幸子や房枝の着るようなものとは少し違う。とろりと光る材質だし、胸のカットが大きい。いかにも水商売の女性が好みそうなデザインだった。

それにしても不思議だと、忠紘はビールを酌《つ》いでもらいながら思う。こいつは布団屋の娘だった頃、色気も何もありゃあしなかったじゃないか。セーラー服を着て地元の中学に通う彼女と時々道ですれ違うことがあったが、丸い白い顔に脂肪の粒が吹き出ていかにも暑苦しい少女だった。それなのに水商売を始めたとたん、久子はすっかりそれらしくなってしまったではないか。

水商売っ気というのは、もしかするとどんな女も持っている天成のものかもしれない。そしてさまざまな世のしがらみという重圧が加わり、必要な時期が来るとちょうどゴマ油のように体内からじゅっと滲《にじ》み出るのだ。久子も父親の死によって水商売っ気がしたたり落ちたのだ。

　忠紘はふと幸子がカウンターに立って、ビールの酌《しゃく》をする場面を想像した。案外いけるかもしれない。

「忠紘ちゃんの奥さん、時々来てくれるのよ」

　久子の言葉にぎょっとコップを置いた。まるで今、彼女のことを考えていた内心を見透かされたみたいだ。

「子どもさんのPTA仲間だって。お母さんたちと連れ立ってくるわよ。あの人、本当に面白くって楽しい人よねぇ。私たち、みんなファンなのよ。ねえ、まあちゃん」

　まあちゃんと呼ばれた若い女は、忠紘につき出しを渡しながらニヤッと笑う。おそらくいろいろなことを思い出したのだろう。

「若いお母さんたちを完全に牛耳っちゃってさ、もう見てて面白いの。生意気な女なんか、奥さんにぽんぽん言われてるわよ」

「あいつ、こんなとこにも遠征してるのか」

　時々出かけているのは知っているが、まさかこの店とは思わなかった。

「いいじゃないの、たまにはご夫婦で来て頂戴よ。忠紘ちゃんとはものすごい大恋愛だったんでしょう。よくここで惚気《のろけ》てくわよ」

幸子の奴と、舌うちしたい気分だ。地元で二人の過去をばらして、いったいどうするつもりなんだろうか。

「でも私さ、忠紘ちゃんのこと見直しちゃったわよ。あんたってさ、子どもの頃から気取ってて、自分はエリートでございい、っていう顔してたでしょう」

「そんなことないよ」

「あるわよ。忠紘ちゃんが町内でひとりだけ私立へ行った時、私はやっぱりって思ったもん。私たちがハナ垂らして遊んでた時も、忠紘ちゃんは山の手のいいとこのお坊ちゃんみたいだったもん」

「おい、おい、久子ちゃん、何、二人だけでこそこそ話してんだよォ」

村田屋菓子店が声をかける。

「何でもないわよ。ちょっと昔話をしてるんだったら」

「お前気がきかないぞ。せっかく息子が親父としんみり話しようと思って来たんだから、自分だけぺらぺら喋《しゃべ》るなよ。おい、忠紘ちゃん、席替わってやるから、こっちへ来いよ」

「いいですよ、ちょっと寄っただけですから」

二人の時を見計って、幸子の給与の相談をするつもりだったのだが、この店に入る前から忠紘は保文に話をするのをあきらめていた。商店主仲間や久子がいる。次の店へ誘うきっかけさえつかめればいいのだ。

「それより僕、何か歌わせてもらいますよ」

カラオケのマイクを持つ。なんだか接待の宴席のような気分になってきた。

忠紘が最近のポップス演歌を歌い終わると、二人の男たちは大げさに感心してみせた。

「やっぱり若い人は歌うものがハイカラだね」

「忠紘ちゃんは昔から頭がよかったから、さすがに歌がうまいねぇ」

頭がいいのと歌がうまいというのは、何の関係もないと思うが、老人たちの精いっぱいの世辞なのであろう。

「菊池さんも何か歌いなよ。せっかく息子が前座務めてくれたんだからさ」

村田屋菓子店がマイクを差し出すと、保文は照れて身をよじった。

「いいじゃないか、親子共演といこうよ」

スポーツ品店主が言い、

「そうだよ、菊池さん、いつもの『氷雨《ひさめ》』いってみようよ」

久子が囃《はや》し立てた。仕方なさげに保文はマイクを握る。カウンターの端の画面には、レーザーディスクが映し出された。イントロの音楽を背景に和服姿の女がひとり盃《さかずき》をかたむけている。なかなか色っぽい。

しかし想像していたよりも保文の歌は下手であった。しょっちゅう通っているというから、相当歌い込んでいると思っていたのであるが、一本調子の年寄りくさい声を出す。何よりも歌を人に聞かせるというサービス精神が欠けているのだ。

いちばん聞きたくないタイプのカラオケ歌いだ。それでも保文の仲間たちは楽し気に拍手をした。

「今日はいいものを聞かせてもらった。さあ、帰るとしようかねぇ」

「あら、どうしたのよ、いつもの『川の流れのように』、もうセットしちゃったわよ」

「いいよ、いいよ、また今度にするから」

菓子店主とスポーツ品店主は、どうやら忠紘に遠慮しているようだ。さっきから帰るタイミングを狙《ねら》っていたらしく、こちらが恐縮するほどそそくさと席を立っていった。

二人がいざ店から消え去ると、居たたまれないほどの気まずさが残った。こんな風に父親と肩を並べて酒を飲んだのはいったい何年ぶりだろうか。確か幸子との結婚問題で騒ぎが続いていた頃、房枝との争いで疲れ果てた忠紘を、保文がバーに誘ってくれたことがある。

あの時の保文はまだ若く、息子にどう声をかけていいのかわからなくても、その沈黙には力強さがあった。けれども今の保文は口も体も半分停止しているような疲れ切った沈黙なのだ。

久子も気をきかして、カウンターの向こうの端へ行ってしまった。やはり常連らしい中年男がひとり座っていて、何やら深刻そうに二人で喋り始める。

突然保文がぽつりと言った。

「店、やめるそうだ」

「えっ」

「村田屋だよ。さっき出て行った禿《はげ》の爺《じい》さん」

「ああ、お菓子屋の」

「あそこは二人娘がいるんだが、末の方も結婚してうちを出ていってしまった。婿《むこ》を貰《もら》ってまで続けるような店じゃないから、もう今年あたりで閉めるんだってさ」

「そうか残念だなぁ。村田屋は子どもの時、さんざん買ったとこだもんなあ、失《な》くなっちゃうのは淋《さび》しいよなあ」

「仕方ないさ。こんな中途半端《はんぱ》なところで店をやってても将来は知れてるもんな。うちの商店街見渡してもな、後継者なんかどんどん少なくなってる。みんなうちみたいに息子をサラリーマンにして、家を継がせないからなあ」

「だけどもったいない話だよね。組織の中でヒイコラヒイコラやってるよりも、一国一城の主《あるじ》になった方がずっと面白いと思うけどな」

「そりゃあ、お前みたいにちゃんとしたサラリーマンになった者だから言えるセリフさ」

保文がいつになく厳しい声を出した。そして自分の名を記したボトルからウイスキーをざぶんと注ぐ。店の女の子があわてて寄ってこようとするのを、いいと手で制した。

「小商《こあきな》いするっていうのは嫌《いや》なもんだぜ。人っていうのは銭《ぜに》を渡す相手を見下すところがあるからなあ。サラリーマンはいいよ、どんなに会社でみじめなことをしていても、それを女房子どもに見られることはないからなぁ。だからみんなサラリーマンになりたがるわけさ。たとえ月給安くても、背広着て白い手をしていられる。そしてこっちを酒屋のおやじと呼んで、金を渡してりゃいいんだから」

　忠紘はこれと全く同じ言葉を、そう遠くない昔、妻の幸子から聞いたような気がした。

「だけどさ、親父なんか見ててもさ、サラリーマンとは収入が段違いじゃないか。プライド高く持ってても貧乏している奴らばっかりだぜ、サラリーマンなんか」

「ふん、冗談じゃないよ。商売やってる者《もん》はな、三百六十五日、金のことで苦労しなけりゃならないんだ。現にうちだって――」

　さりげなく持ち出した金の話だが、保文はなぜか暗い表情になる。

「あのさ、やっぱり安売り店の影響、あるわけ？」

「あるともさ。もうウイスキーの売り上げなんかガタ減りだよ。今年の夏なんか細々とビール売って何とかしのいでた状態さ。おまけに近藤君は給料が安いって、こっちを敵《かたき》みたいな目で見るしさ」

　近藤君というのは、アルバイトで配達にまわってもらっている学生である。

「まあ、彼が文句言うのもわかるがね。酒屋の仕事なんか重労働だ。うちの方はエレベーターなしの団地もある。だけどこの頃の若いのはいきなり無茶なことを言うからこちらも腹が立って……」

　おととい房枝がこぼしているのを聞いた。近藤君がよく欠勤をして困るというのだ。

どうやら保文たちはアルバイトの青年を扱いかねているらしい。

「だけどさ」

忠紘は自分でも嫌になるほど媚《こ》びた声になった。

「うちなんかテナント料入ってくるから、そう深刻なことにならないだろ」

「馬鹿《ばか》言え」

保文はグラスにウイスキーをまたざぶりと入れる。

「うちの上見て気づかなかったか。テナント四つのうち、もう半分抜けてんだぞ」

「ええっ、嘘《うそ》だろ」

忠紘は指を折ってみる。なかなか名前が出てこないのは、あながち酔いのためだけではない。

「えーと、英語教室があって、それから公認会計士の池部さんの事務所があったんだよなあ」

「あの子どものための英語教室、このあいだ潰《つぶ》れたんだよ。子どもにおかしな英語の歌うたわせて、それで振りつけて踊らせたりしたんだよな。よく下の階から文句が出たが、そのくらい流行《はや》ってるように見えたんだがな、あっさり閉鎖だ」

「大変じゃないか。まだ銀行の借金も残ってるんだろ」

「そうだよ、あの頃土地を担保にめいっぱい借りたからなあ。ほら、お祖父《じい》ちゃんの家をアパートにする計画もあったから、銀行もやたら親切にしてくれた時期があった。それが今じゃ手のひらを返したみたいだぞ」

「銀行ってそんなもんさ」

「俺《おれ》はな、幸子さんには感謝してる。うちから何らかのものを渡したいと思ってるんだが、このていたらくじゃ何にもしてやれないよ」

「いいよ、そんな」

「いや、俺の気持ちとしちゃ何とかしたい」

「いいってばさ、長男の嫁としちゃ当然のことしてるだけだよ。気にするなってばさ」


どうしてあんなことになったのだろうと、忠紘は後に何度舌うちしたことだろうか。保文にやすやすと丸め込まれてしまったのだ。幸子にはまだ内緒にしているが、話したら大変なことになるだろう。

「あんたって、どうしてそんなに馬鹿なの、どうしてすぐ策略にひっかかるのよッ」

と怒鳴られるに決まっている。

保文がそれほど悪賢いとも思えないし、忠紘夫婦の引越し計画を知っていたはずもない。しかし保文は結果的に、忠紘の牙《きば》を抜きとってしまったことになる。

久子の店のカウンターで、保文はなおも言ったのだ。

「お前や幸子さんには苦労をかけてる。俺はちゃんとわかってる。だけどなあ、房枝の気持ちも汲《く》んでやらんとなぁ」

「十分汲んでやってるつもりだぜ。十分汲んでやってるから、いろんな騒ぎが起こるんじゃないか」

「あいつが俺と結婚した頃はなあ、まだうちの羽振りがいい頃だったからな。旧家のお上品なうちにきたつもりが、いつのまにか酒屋のおかみさんになっちまって、あいつは俺のことをずっと恨んでるんだ。わかるだろ」

「わかるけどさ、それは僕たちとは関係ないじゃないか」

口に出した後で、自分の言葉がいかに白々しいか忠紘はすぐに気づいた。幸子との結婚に猛反対したのも、すべてはそこに根ざしているのだ。

「俺はな、房枝やお前たちにせめて祖父ちゃんの土地だけは残してやろうと思ってるんだ。酒屋なんて体を使う商売で、あと十年もやっていけるはずはない。だからあすこにアパート建てて房枝にも楽させてやりたいんだよ。弥生や友文がうるさいことを言っているが、俺は長男だから、やっぱり俺が貰うべきものなんだ」

そのことについて忠紘は反論し、父子は相続問題で少しやりあった。保文は自分が悪者になるのも、すべて房枝や忠紘に楽をさせてやりたいためだと言う。

こんなやりとりの後、

「お前と幸子さんに、いくらか渡さなきゃならんのだが」

と言われれば、誰だって〝いいよ〟と叫んでしまうではないか。

しかし考えてみると、保文の「幸子」という名前の出し方はやはり唐突だったかもしれない。それまでアルバイト青年と仕事のつらさについて話したことも布石といえばいえないこともない。

もし幸子にせっつかれたら何と答えたらいいのか。忠紘がいじいじと思い悩んでいる間に、幸子はとっくに楽しみを見つけていた。

「ねえ、ねえ、久美ちゃんさ、最近変わったと思わない？」

化粧っ気なしの丸い目が、好奇心できらきらしている。

「そりゃあ、そうだろう。職場が変わったんだから」

久美子はハワイ旅行で知り合った弁護士の紹介で、麹町《こうじまち》にある法律事務所にこの秋から勤め始めたのである。

「本当にあんたって、読みが甘いんだからさ」

まるで外国人のように、舌をチ、チ、チと鳴らしながら人さし指を横に振る。

「あれはさ、絶対に獲物を狙っている鷹《たか》だね」

「鷹、誰が？」

「久美ちゃんに決まっているじゃないの」

幸子が言うには、最近朝、久美子が洗面所を占領していて困るという。前の会社を辞める頃はないがしろにしていた髪のブロウも、この頃はやたら念入りだ。しかも驚いたことに、このあいだは美容院へ行って、爪《つめ》を整えてきたという。

「びっくりするじゃないの。たかが爪を切ってマニキュアしてくれるだけで、五千円もかかるっていうんだよ。そんなに設備投資するのはさ、もう男のためとしかいいようがないじゃないの」

「〝狙う〟とか〝男〟だなんて、そんな下品な言い方やめろよなァ」

〝男の人〟とか〝男性〟ならともかく、〝男〟という言葉はあまりにも生々しい。忠紘は幸子が以前、久美子のことを、

「キムスメでもあるまいし……」

と言ったことを思い出し、ちょっと苦々しい気分になる。しかし幸子が久美子の変

身に気をとられているのは幸いといってもよく、保文の返事をせっついたりはしないのだ。

「だけどさ、そうとしか考えられないよ。ほら、久美ちゃんが勤め出した時のことを憶えてるでしょ」

久美子はいつになく饒舌《じょうぜつ》だった。兄と兄嫁を前に、新しい職場のことをいろいろと喋ったのだ。それによると、事務所は先生の他に若い弁護士が三人いるという。

「それがさ、一人は早稲田《わせだ》で、二人は東大出ているのよ。東大出ていて弁護士になるなんて、どんなにすごい人かと思ってたら、それがさ、すっごく面白い人たちなの。喋ってることとも私たちと変わらないのよ」

おそらく久美子の相手は、その中のひとりではないかと幸子は言う。

「まさか、まだ勤め出して一カ月足らずだぜ」

「だからさ、つき合うっていう段階じゃなくてさ、久美ちゃんは狙いを定めたのよ。この頃あの子、すごく綺麗《きれい》になったじゃないの。女ってすごいよねぇ、いざとなると顔つきも違ってくるんだもん」

幸子は「鷹」、「獲物を狙っている」と久美子のことを表現するが、忠紘にはよくわからない。ただとても楽しそうになったことだけは認める。

出勤時間が九時から十時になったということで、デパート勤めの忠紘と朝食時間が重なるようになった。前よりもゆっくりと分量を多く食べる。ミルクを沸かしたり、パンを他の者のために焼くのも、前には見られなかった気遣いだ。

そしてトーストにマーガリンをたっぷり塗り、うまそうに齧《かじ》る。忠紘は以前、妹がものを食べている時に、リスそっくりだと思った記憶がある。それは今も変わってはいないが、リスはリスでもかなりましなリスだ。以前は、うちでおやつを食べている最中も、目がよく動き、何かに怯《おび》えているようなせわしなさがあった。けれどもこの頃は、目がしっかりと据《す》わって、食べものをしっかりと確かめながら咀嚼《そしゃく》しているような落ちつきが出てきた。いわば公園のリスから、ケージの中のリスに変わったとでもいおうか。

忠紘はニュースを見ているような振りをして、時々妹の方に目をやる。朝の白粉《おしろい》をはたいたばかりの肌《はだ》は、まだ馴《な》じまずにところどころ白く浮いている。しかしじきにしっとりしてくるだろう。久美子は肌が綺麗なのが自慢なのだ。

「色の白いは七難隠す」とはよく言ったものだ。忠紘のように女が多い職場にいると、女性の美醜や変化について自然と敏感になってしまうが、忠紘はこの諺《ことわざ》が真実正しいことを実感している。

若い頃は、女性の派手な目鼻立ちについ目がいってしまう。多少のニキビや肌の荒れもそれほど気にならない。しかし彼女たちの大きな目がたるみ始める年齢になると、替わって浮上してくるのが肌の美しい女たちだ。肌理《きめ》のこまかい白い肌が、におうように顔全体を品よく明るくひきたてている。近くで話をし、うぶ毛の光る艶々《つやつや》とした肌を見ると、男は胸のすくような気分になるものだ。

久美子はどうやら、そうした得なタイプの女らしい。なったばかりの二十九歳という年齢は、ちょうど肌の〝てり〟が最高潮といっていい頃である。目や口がちんまりと小さいのも、今となってはかえって老《ふ》けを遠ざけていた。

久美子が幸子の言うとおり、「狙っている」としたら、なるほど今は売り時である。女は人生の中で、自分がいちばん価値を持つ時期を本能的に知っているはずだ。その時、少々の企《たくら》みを持ったりしても、誰が咎《とが》めることが出来るだろう。

忠紘は全く他人の男の目で久美子をもう一度眺《なが》める。妹がそう悪くないと思うのは、秘《ひそ》かな忠紘の朝の楽しみになりつつある。

「ねえ、お兄ちゃん」

久美子がカフェ・オレをごくごくと飲み干して言った。彼女はこの頃、街の雑貨屋で買ったというカフェ・オレ専用の鉢《はち》を愛用しているのだ。これがまるでカツ丼《どんい》の容れ物のような大きさなのであるが、久美子はパリではこうして飲むのよと譲らない。かかる。これに毎朝なみなみとコーヒーと沸かした牛乳を入れるので、飲み終わるまで時間がかかる。

今も最初に何か言いかけ、そして丼《どんぶり》、いやカフェ・オレの鉢を両手に持って飲み始めたので、忠紘はかなり長いこと待たなければならなかった。

「ねえ、お兄ちゃんの会社の保養所、確か河口湖にあったでしょ」

「ああ、そうだよ」

結局今年の夏、ハワイ行きの替わりに、親子四人で一泊してきたのである。

「あそこさ、かなりよかったって言ってたじゃない。まるでホテルみたいだったたって」

「全くな、あんなところに金を使うんだったら給料を上げてもらいたいよ」

「あそこさ、確か家族も使えるんだったよねえ。お兄ちゃん、今の季節だったら、私もOKよねえ」

「なんだ、お前、あそこ行きたいのか」

「うん、今度ね、事務所の人たちと皆で富士五湖ドライブすることになったのよ。だからあそこを使えないかと思って」

忠紘は一瞬嫌な気分になる。久美子は職場の若い弁護士や秘書の女性たちとすぐに仲よくなり、飲み会と称してはしょっちゅう遅く帰ってくるのだ。

「弁護士の連中なら金はたんまり持っているだろ。何も他人《ひと》の会社の保養所使わなくたっていいだろ」

それは羨望《せんぼう》というのとも違う。サラリーマンが弁護士や医者というものに対して抱く、本能的な漠然《ばくぜん》とした嫌悪《けんお》というものであった。

「そんなことないわよォ。うちの若い先生たちは、居候《いそうろう》の身の上だもん、そんなにお金ないわよ」

なんだ、こいつと忠紘は思う。勤め出してまだ日も浅いというのに、早くも「うち」と鼻を鳴らして発音していやがる。それよりも我慢出来ないのは「先生」だ。「先生」という言葉が元々忠紘は大嫌《だいきら》いであったが、「うち」とセットになると、これほどいやらしいにおいを発するものであろうか。

「あのあたりのホテル、結構高いのよ。宿泊代使うよりもね、それよりもいいレストランで食べたり、テニスしようっていう合理精神なのよ」

「ふん、頭のいい人たちは考えることが違うぜ」

「そうなの」

忠紘の皮肉は全く通じない。

結局久美子たちは、河口湖のペンションに泊まったらしい。珍しく土産にスモモのジャムを買ってきた。手づくりめいた和紙のラベルが貼《は》ってあったが、〝河口湖〟という文字を〝軽井沢〟とでも入れ替えても何の不都合も生じないであろう、ありふれたジャムだ。

家族のために買ってきたこのスモモのジャムは、専《もっぱ》ら久美子が食べた。河口湖から帰ってきた翌日から、久美子の朝食にはヨーグルトが並ぶようになった。ジャムはプレーンヨーグルトに添えるものである。

「久美ちゃんさ、最近ヨーグルト美容法っていうのに凝ってんのよ。食べたり、顔に塗ったりしてるのよ。この頃《ごろ》冷蔵庫に、どーんと大箱が入ってるもん」

幸子がさっそく教えてくれた。そういえば気のせいか、久美子の肌はますます艶を帯びてきたような気がする。おそらく自分の〝売り〟はこの美しい肌だということを強く確信したのであろう。

そして久美子がヨーグルトを食べるようになってから時を同じくして、男から電話がかかってくるようになった。

「ワタナベと申します。菊池さんいらっしゃいますか」

まるで小学生のようにはきはきとした喋《しゃべ》り方だなあというのが、忠紘の第一印象であった。これまた対する久美子が、女学生のような声を出す。

「はい、はい……。ええ、そうなの」

電話は居間の片隅《かたすみ》に置いてあるので、久美子はテレビを見ている兄夫婦を気にして喋らなくてはならない。

「ちょっと待っててね」

コードを引っぱって廊下に出、ぴしゃりとドアを閉めた。

「くっ、くっ、二十九歳にもなって恥ずかしがっちゃってぇ」

ドラマを見ているふりをしながら、じっと聞き耳をたてていた幸子が肩をすくめて笑った。

「いよいよ獲物が網に入ってきたのかねぇ。さあ、成果はあるかねぇ、とことん拝見」

「おい、よせってそんな言い方」

忠紘が小声で注意するのを、洋がさっそく聞き咎《とが》めた。

「今電話してんの、おばちゃんの恋人かよ、そいでコソコソしてんのかよ」

「しっ、お前、馬鹿《ばか》だねぇ、そんな本当のこと言うもんじゃないってば」

幸子は嬉《うれ》しくてたまらないといった表情で息子をぎゅっと抱き締める。

「おばちゃんはいま、大切なことしてんだから邪魔するんじゃないよ。ママとほら、一緒にテレビ見るんだってば」

「よせ、離せよオー、このオー」

洋が悲鳴を上げて、執拗《しつよう》な母の手から逃れようともがく。

居間のドアが突然開けられ、久美子の顔が覗《のぞ》いた。

「ちょっと、洋ちゃんを静かにさせてよッ。相手がびっくりして、どうしたんですかなんて驚いちゃったじゃないのよォ」

叔母の見幕《けんまく》のすごさに、洋はしゅんとなってしまった。いいよ、いいよと、幸子は息子の頭を撫《な》でる。

「仕方ないよ、いまいちばん勝負かけてる時なんだからさ。ほら、お前もテストの勉強してる時に、ママが手伝え、なんて言うと怒るもんねぇ」

「おばちゃん、勝負かけてんのか」

洋はどうもこの言葉がいたく気に入ったらしい。

「勝つとどうなんだよ、おばちゃん、恋人が出来るのかよ」

「お前は大人がドキッとするようなことを言うのが本当に好きだよねぇ」

幸子はいとおしくてたまらないように、息子の頭を撫でまわす。普段は子どもたちに比較的あっさりと接している幸子であるが、時として突発的に濃厚な愛情表現を見せる。子どもたちはそのしつこさに、半分はしゃぎ、半分迷惑がって逃げるのが常だ。

「だけどもう二階に行きなよ。おばちゃんのヒステリーがまた来るよ」

ばたばたと階段を上がる音を聞きながら忠紘はつぶやく。

「恋人出来たのはいいけど、毎晩これをやられたらたまんないよ」

「大丈夫よ。今は第一期だけど、第二期になると帰りがうんと遅くなるはずだもの」

「そうかなぁ」

「そうだってば。長電話してるうちはまだ可愛《かわい》いんだってばさ。そのうちに家に帰って来なくなるもん」

「お前、えらく確信的なことを言うじゃないか」

「ふん、私たちがそうだったじゃないの」

幸子は軽く唇をとがらせた。ちょっと照れた時の癖である。

「あの電話の様子からして、まだデキてないはずだってば」

「お前、言い方が露骨だよ」

「いや、いや。そのくらい冷静に見ないとさ、これからの騒ぎは乗り切れないよ。いい、もうじきお義母《かあ》さんの出番だよ。あの見栄《みえ》っ張りでブランド好きの房枝さんがさ、娘を応援しないはずはないじゃないか、さあ、見ものだよねぇ。私、なんだかわくわくしてきちゃったよ。このくらいの楽しみなきゃ、こんなうちにいられないよねぇ、全くさ」

そして幸子の言うとおり、久美子の〝恋愛二期〟が始まった。男からあまり電話がかかってこなくなった替わりに、久美子の帰りが遅くなった。いつも終電近い電車で帰ってくる。

ドアを勢いよく閉め、せかせかと居間を通り過ぎる時の久美子の肌はますます艶めき、目も心なしか潤《うるお》っている。

「あれは、絶対にデキてるよね」

二階に上がっていく義妹の後ろ姿を見ながら、幸子がちゅっと茶を飲み込む。

「それもごく最近だよね」

「よせってば、そういう言い方」

妻をたしなめながらも、階段の方に目を向けている忠紘である。

「だってさ、久美ちゃんの洗濯物《せんたくもの》干してあるの見たら、一発でわかるじゃないの。前にさ、あの人、デパートのバーゲンで買ったみたいなパンツやブラジャーだったんだよ。それがさ、この頃は輸入もんの絹のスリップなんか買って日陰干しにしてんの。私、あれを見るとさ、おかしいやら感心するやらで、思わずじっと見ちゃうよ」

「嫌な奴《やつ》。義理の妹の下着、じろじろ見るなんて」

「ふん、こんな狭いうちなんだもの、嫌だって目に入ってくるじゃないの。だけどさ、お義母さんもよく何にも言わないわよねぇ。いくらエリートとっつかまえてる最中だっていってもさ、自分の娘が毎晩こんな時間に帰ってくるの見てて、何とも思わないのかねぇ。高いシルクのスリップ見ても気づかないのかねぇ……」

その時、がらりと居間と寝室との間の戸が開き、房枝が顔を出した。が、幸子も忠紘もそう驚いたりはしない。両親が隣りの部屋で寝ている時は、テレビの音を高くし、小声で話すというテクニックが身についている。少し前までは、子どもたちが寝ついた後、二人でカラオケに出かけたり、飲みに行ったりしていたのであるが、そう金が続くはずもなく、夫婦の団欒《だんらん》はもっぱら自宅で行われているのだ。今の久美子に関する話題は、ささやくような声で交わされていたので、まず房枝の耳に届いているはずはないと忠紘は判断する。

房枝はパジャマの上にガウンを羽織り、前髪にカーラーを巻いている。いつも身綺麗な格好を心がけている彼女は、髪に特に力を入れていたから、最近ところどころ薄くなっていることをとても気にしている。ボリュームをつけるために、きつくカーラーを巻くのだが、髪が薄いためにカーラーはよくはね上がっている。その時もそうだ。

「久美子、今帰ってきたの」

二つカーラーがはね上がった前髪の下で、房枝の目が二階を眺める。

「そおなんですよォ、私たちもあんまり遅いんで心配しちゃってぇ」

幸子がわざとらしく力を込めて言う。

「ねえ、こんな時間まで出歩くなんて、嫁入り前の女の子だったら、ちょっと心配しちゃいますよねぇ」

「話がはずんでるんでしょ」

房枝の二階を眺める目は柔和といってもよい。前髪のカーラーも優し気に揺れる。

「あの渡辺先生っていう弁護士は、話題が豊富でとっても面白い方なんですって。若いのにいろんなことを知っているって、久美子は感心していたもの」

〝へっ〟と声にならない間投詞を叫び、幸子は肩をすくめた。意外なことに久美子は、母親にかなりのことを喋っていたらしい。

「だけどお話をするには、あんまりにも遅い時間じゃないかしらねぇ」

よせよせと、忠紘は幸子の足をテーブルの下で蹴飛《けと》ばしたのであるが、彼女はなおも続ける。

「話題が豊富な方なのは十分わかりますけどね、こんな時間まで相手の女の人を引き留めておくなんて、ちょっと問題ありだよねぇ」

幸子はこの夏のことを忘れてはいないのだ。強精剤の宣伝文を久美子にワープロしてもらったところ、房枝は激怒したものである。

「嫁入り前の娘なんですよ。それがこんなにけがらわしいものを書かせて、ひどいじゃありませんか」

幸子がその時、

「キムスメでもあるまいし」

と発言し、房枝は卒倒しかけたものである。その〝嫁入り前〟の娘が毎晩十一時過ぎに帰って来ているというのに、房枝のこの寛大さはどうであろうか。

「娘が大きな獲物をつかまえそうなんだもん、お義母さんはご機嫌なのよ」

幸子は下品なことを口にするが、目の前の房枝の様子を見ていると、忠紘は納得せざるを得ない。

「差し出がましいようですけど、お義母さんから久美ちゃんに何かひと言注意した方がいいですよ。何しろ〝嫁入り前の娘〟なんですから」

やめろとさらに強く足を蹴飛ばしたのであるが、幸子はさらに嫌みたっぷりのフレーズを口にする。しかし房枝はそれにむっとした表情を見せるわけでもない。それどころか、曖昧に目を動かしたかと思うと、きまり悪そうにニヤリと笑った。忠紘は驚きのあまり、思わず背筋が寒くなる。母親が自分たちに向かって、愛想笑いをするのを見るのは初めてである。

「私ね、ちょっと幸子さんにお願いがあるのよねぇ」

「えっ」

今度は幸子が目を丸くする番だ。

「本当にこんなこと頼みづらいんだけど……」

房枝はもじもじと、揉《も》み手のようなしぐささえ始めるではないか。

「あの、久美子が今度の日曜、ドライブに行くらしいのよ。その時、お弁当をつくってもらえないかしらね」

忠紘はすべてのことを合点《がてん》した。房枝の味音痴と料理嫌いは病的ですらある。さまざまな不満を持ちながらも、幸子がこの家に居られるのは、姑《しゅうとめ》が全く台所に関心を持たず、自由に振るまえるからだ。

忠紘は若い時に、妻によって、

「早めに矯正《きょうせい》された」（幸子談）

からいいようなものの、久美子はもはや取り返しのつかないところまで来ているようだ。料理嫌いの女でも、年頃になるとケーキを焼いたり、イタリア料理の真似《まね》ごとをするのであるが、久美子にはそうしたところが全くない。以前は母のつくってくれたものを不味《まず》そうに食べ、現在は義姉《あね》のつくってくれたものを黙々と食べる。そんな毎日をおくる彼女が、いざ恋人とのドライブとなり、慌《あわ》て出したのは想像に難くない。

これも幸子の観察によるものであるが、例の河口湖への小旅行の際、他の女性秘書たちはそれなりに手づくりのサンドイッチやクッキーを持参したらしい。

「あの時、確か久美ちゃんはさ、お店の缶《かん》ビールを二ダースぐらい持ってったはずだよ。そういう子なんだもん。それでも目をつけられたんだから、運がいいか、他にいいところがあるかだよねぇ」

しかしそんな久美子も、二人きりのドライブとなると、やはり何かつくらないわけにはいかない。普通の娘なら、母親に応援をたのむところであるが、房枝のつくった弁当など持っていったら破談にもなりかねないだろう。いくら鈍感な久美子でもそんなことはわかる。それで房枝と相談した結果が、料理上手の義姉に頼むことだったのである。

「本当なら私が手伝ってあげてもいいんだけど、その日は棚おろしをしようと思っているのよ。それでね、とてもお弁当つくるどころじゃないの」

この期《ご》に及んでも、房枝はまだそんな虚勢を張っているのがおかしい。

「いいですよ、お義母さん。お安い御用だよ。もう、何でも言ってよ」

幸子が高らかに返事をしたのは、明らかに勝者の雄たけびというやつである。しかし幸子は少々図に乗り過ぎた。言わなくてもいいことを口にする。

「久美ちゃんが玉の輿《こし》に乗れるかどうかの瀬戸際《せとぎわ》だもんね。私も協力しちゃうよ」

房枝が露骨に嫌な顔をしたが何も言わない。このラウンドは幸子の完全勝利である。

そして次の日曜日、幸子は義妹のために腕をふるった。

朝早く久美子は家を出ていったので全容はわからないが、朝の食卓にいくつかの皿が並んだ。弁当に使った余りの鶏《とり》の唐揚げ、幸子得意のだし巻き卵、栗《くり》のふくめ煮などである。

「すっげえ御馳走《ごちそう》をつくったんだなあ」

「ふふ、お弁当はこんなもんじゃなかったよ」

幸子は得意そうにふふんと笑った。

「魚の味噌《みそ》漬《づ》けや白あえも中に入れたんだよ。木の芽なんかもすっごく高かったけど買ってきて飾ってさ、ちょっとした店の松花堂《しょうかどう》弁当みたいだったよ」

「そんなことしたら、いっぺんに誰かにつくってもらったってわかるじゃないか」

「そりゃそうかもしれないけどさ、やっぱりこういう時にすっごいものつくってやりたいじゃないの。私ってさ、普段何もしてくれやしない相手にも、尽くしちゃう損な性格なのよ」

それにねと、幸子は浴室で洗濯機をまわしている房枝を気にして、やや小声になる。

「朝の七時出発っていうのにね、お義母さんわざわざ起きてきたんだよ」

「そりゃあ、そのくらいするだろ、お前に弁当をつくらせてるんだから」

「ふん、そんな気を使う人のはずないでしょ。あのね、相手の男に挨拶《あいさつ》するためだってば」

「へぇー、そうだよな。相手の男、迎えに来たんだから。それでどうだった」

「それがねぇ……」

幸子は味噌汁を盛ろうと上げた手を、一瞬宙に浮かせた。

「それがさあ、何だかあんたに似てるのよ」

「ええっ、僕に」

「そ、あんたみたいにひょろ長くってさ、眼鏡かけててさぁ。私、後でお義母さんに言ったんだよ。『渡辺さんって忠紘さんに似てますね』って。そしたら、あんた、何て言ったと思う。『頭がよくって、育ちのいい人っていうのはたいてい似てくるもんだから』だってさ。わたしゃ、もうひっくり返ったよね。自分の息子のこと、そこまで言うかぁ。確かにあんたはいい大学出てるかもしれないけど、こんなちっちゃい建売住宅の息子じゃん」

その時、浴室から間のびした房枝の声が聞こえた。

「幸子さん、洗濯機空きましたから、どうぞ」

背伸びするようにはあーいと返事をした後、今度は前かがみになってささやく。

「ねぇ、今日は出来るだけ早く帰ってきてよ。そうしたらあんたに似た渡辺を見られるよ」

正直言って忠紘はあまりいい気分ではない。妹の恋人が自分とそっくりだと聞かされて喜ぶ男などいるだろうか。まるで近親相姦の変型のようだ。

久美子とじっくり話し合ったことなどないが、彼女の好みというのは何となくわかる。テレビを見ていても、久美子が〝いい〟と言うのは、たいていインテリタレントと呼ばれる類《たぐい》だ。

最近彼女が大層気に入っている俳優がいる。甘く品のある顔立ちをしているうえに、クイズの正解率が抜群にいい。

「この人、やっぱり違うわよねぇ。だって京大を出てるのよ」

とつぶやいたことに忠紘は腹を立てた。

「お前なあ、テレビに出てくる人間に、学歴なんて関係ないだろ。芝居がうまくて魅力あればそれでいいじゃないか」

「ふん、そういうもんじゃないわよ。知的な人はやっぱりそれなりの顔してるもん。私、そういうのがいいと思ってんだもん」

「そういうの嫌いだぜ、お前はきっといい結婚しないよ」

忠紘の言葉に、久美子がむっとチャンネルを替えた記憶がある。わが妹ながら、見栄っ張りで、なんとつまらない女だろうかと忠紘は嫌な気分になった。ところがその妹が選んだ男と自分がよく似ているという。

「これがかあ……」

髭剃《ひげそ》り後をチェックするふりをしながら、駅のホームの鏡で忠紘は自分の顔をながめる。いつもは人でぎっしりのホームであるが、日曜日の朝とあって鏡の前は誰もいない。だからそんなことが出来た。

トレンチコート姿の顔の長い男が映っている。メタルフレームの眼鏡が一見神経質そうな印象を与えるが、その中の垂れ気味の目で、鋭い人間は彼が人のよい穏やかな男であることをすぐに見抜くだろう。まだ三十四歳だというのに、前に白髪《しらが》が少しある。同居するようになってから目立つようになったものだ。さらに目を凝らして鏡を見つめる。美男子というのではない。特に魅力を持っているとは自分でも思えない。

しかしある種の女に、何か訴えるものがあることは自分でも気づいていた。中学二年生の時に、近くの女子校の生徒に呼びつけられたことがある。ハンドボール部の主将が忠紘とつき合いたいと言うのだ。

「ねえ、私たちの顔を立ててさ、先輩とつき合ってやってよ」

同い齢《どし》のセーラー服の少女が、大人びた言い方をし、忠紘は頷くしかなかった。その少女と映画を見たり、スケートへ一緒に行ったりと、結局四回ほど会った。彼女は忠紘よりひとつ齢をとっていて、三センチ背が高かったはずである。

よく思い出してみると、自分は久美子の友人たちにもそう評判が悪くなかった。あの頃、彼女が名門私立に通う兄が自慢だったらしい時期は確かにある。

中学生だった久美子は、時々友だちを連れてきては、自分の部屋に忠紘を呼び出したものだ。

「お兄ちゃん、ステレオに雑音が入るの。ちょっと見てよ」

「お兄ちゃん、私たちがトランプしてるとこ、写真に撮って」

忠紘はそう嫌がることなく、こまめにめんどうを見てやった。そして終わって襖《ふすま》を閉めると、いっせいに少女たちのしのび笑いが聞こえてくる。

「見ちゃったもんね」

「そんなに悪くないよ」

管楽器の雑音のようなあのささやきとしのび笑いを、自分はそう嫌いでなかったような気がする。妹が自分のことを好いていて、誇りに思ってくれていることは単純に嬉《うれ》しかった。

けれどもそんな久美子と自分との関係は、大人になってから決してよかったとはいえない。女子大に入学した頃から、久美子は気むずかしい無口な女になった。以前のように友人を連れてくることもなかったし、忠紘に甘えた口調でものを頼むこともない。

そして二人の間を流れる気まずさが決定的になったのは、やはり忠紘の結婚であろう。たまに話し合いのために実家に戻ると、久美子はことさらに兄を無視しようとしていた。

「お兄ちゃん、どうしてあんな女の人と結婚するの。ずっと年上で、旦那《だんな》さんや子どももいる人じゃないの」

いっそそう言ってくれれば、忠紘も気が楽になったのであるが、妹から時折向けられるのは沈黙と侮蔑《ぶべつ》の視線だけである。忠紘はもはや妹にとって、自分が英雄でなくなったことを知った。そう悲しくもなかったが、一抹《いちまつ》の淋《さび》しさはやはりあった。

お兄ちゃん、お兄ちゃんと、幼い久美子が駆けてきて、制服姿の忠紘を見上げて笑う。もうあんな光景は二度と起こらないのだとぼんやり思ったのが、忠紘の最後の郷愁であった。

あれから十年たち同居するようになった今、久美子は〝房枝派〟の一員として忠紘の中にある。幸子という決定的な同志を得たことにより、それ以外の家族はすべて漠《ばく》然《ぜん》とした敵になる構図だ。結婚問題であまりにも長いこと、二人きりで戦ってきた結果である。

それなのに幸子は奇妙なことを口にした。

「久美ちゃんの恋人って、あんたに似ているんだよね」

それはいったいどういうことだろうか。妹が自分に抱いていた愛情と憧憬《どうけい》の残滓《ざんし》がそうさせるのか。忠紘はその日久美子のことを何度か考えた。

まっすぐ家へ帰ろうか、どうしようかとさんざん悩んだ。久美子の恋人に会いたいような気もするが、自分とそっくりだという男と会いたくもない複雑な気分だ。

が、その日は日曜日であったが客も少なく、これといったアクシデントもなく、忠紘は閉店後すぐ店を出た。

といっても家に着いたのは八時をまわっていて、忠紘はとうに久美子が帰ってきたものと判断した。ドアを開けても客が居る華やぎはない。

「それがさあ、まだ帰ってこないんだってば」

幸子が珍しく夫の脱いだコートを取りに来たのは、経過報告をしたいからである。

「今日はね、お義父《とう》さんもどこにも行かないでさ、昼からそわそわしてたんだよ」

「お袋は」

「房枝サンは張り切っちゃってもお大変」

おかしくてたまらないように、幸子は目を大きく見開く。

「納戸《なんど》からさ、お客用の湯呑《ゆの》み茶碗《ぢゃわん》出したりしてんの。結構いい九谷《くたに》だよ、いつもはさ、子どもが割るからって、肉屋だ、お茶屋だの、名前が入ったものしか使わないくせにさあ。お茶受けだってさ、ちょっと聞いてよォ、わざわざ駅前行ってさ、虎屋《とらや》の羊かん買ってきたんだから笑っちゃうよね。くっくっ、九谷と虎屋の羊かんで、上流っぽく見えたら、人間苦労しないよォ」

その時だ、車のクラクションが短く二度ほど鳴ったと思うと、いきなり玄関のドアが開く音がした。誰かが廊下を走ってくる。もちろん久美子だ。

「ちょっと、ちょっと」

居間の引き戸を手荒く開け、彼女はあたりを睨《にら》むように見た。目が吊《つ》り上がっている。彼女の視線の先に、テレビに見入っている二人の子どもがいた。

「早く、早く、お義姉《ねえ》さん、子どもたちを二階に上げてってば。渡辺先生がさ、ちょっとご挨拶したいっていうのよッ！」

「まあ、そりゃ大変だ」

房枝の顔色も変わった。

「洋、美奈、早く、二階《うえ》へ行きなさい。ほら、もうテレビ消すのよッ」

さすがの幸子も呆然《ぼうぜん》として見守る中、房枝はまるで家畜のように二人の孫をソファから追いやり、そうしながらエプロンを取り、髪を撫《な》でつけるという離れ技をやってのけた。

「なんなのよ、これ……」

顔を見合わせている忠紘と幸子の耳に、すばやく玄関に走り去った房枝の、けたたましい声が聞こえる。

「いえ、いえ、そんな、お上がりくださいませよ。汚ないところでございますけれど、お茶ぐらい召し上がってくださいませ」

その男は〝気をつけ〟をやや崩した姿勢で玄関に立っていた。瞬間、忠紘は自分にそう似ていないではないかと憮然《ぶぜん》とした思いになる。

眼鏡をかけ、背の高いところは同じだが、彼の方がやや肉づきがよく、顔も丸みを帯びている。おそらく二十代なのだろう、顔の艶がよい。玄関の蛍光灯《けいこうとう》を浴びて、てらてらと光っている。

「ね、ね、ちょっとお茶だけでも召し上がってくださいましよ」

房枝の声のトーンがあきらかに高い。

「でも、こんな時間ですから、ここで失礼します」

そう言っている割には、彼の体は動く気配がない。緊張しているのだろうかと忠紘は顔に目を凝らすと、彼の目は無邪気な好奇心で何度かしばたいている。自分は経験が無いからわからぬが、初めて恋人の家を訪れる男というのは、これほど無防備な表情をするものだろうかと忠紘は訝《いぶか》しく思った。

「車だったら、そこの角の歯科医院のところへ置けばいいわよ。うちの知り合いだし、この時間だったら文句言わないから」

久美子がぞんざいな口調で言うばかりでなく、顎《あご》で玄関の方向をしゃくる。この偉そうな態度はいったいどうしたことだろう。

「そうですか。それじゃあ、ちょっと車を置いてきます」

男は久美子の言葉にあっさりと頷き、〝廻《まわ》れ右〟をした。忠紘にも自覚があるが、大柄《おおがら》な男にありがちなぎくしゃくとした動作だ。おそらく忠紘と同じで、あまり運動神経はよくないに違いない。

私も行くわと、一緒に久美子も出ていったとたん、房枝の奮闘が再び始まった。ソファのクッションを直し、茶たくを布巾《ふきん》でごしごし拭《ふ》き始めた。洋の残していった漫画本を、さも汚《けが》らわしいもののようにどける。そこへ保文が顔を出し、

「俺《おれ》はこの格好でいいだろう」

と言ったものだから騒ぎはますます大きくなった。

「すぐ着替えて下さいよ。ほら、あれがあるじゃないですか。このあいだ私がデパートから買ってきたカシミヤのカーディガン、あれがあるでしょう。何も渡辺先生がいらっしゃる時に、そんな毛玉のついたセーター着ていなくても……」

けっ、と肩をすくめる幸子を、忠紘は肘《ひじ》で制した。

た。

「母さん、僕たちはこれでいいかな」

忠紘としては皮肉を込めたつもりであったが、振り向いた房枝の目は真剣だ。台拭きを手に持ったまま、息子夫婦を点検し、そしてはっきり聞こえるほどの舌うちをした。

「もう、仕方ないわよ。あなたたちはもう玄関で会っているんだから」

「ちょっとオ、〝仕方ない〟はないでしょう。そんな私たち、仕方ない人間かね」

房枝が台所に入った隙《すき》に、幸子が抗議の声をあげた。

「私、そんなに汚ない格好をしているかしらねぇ」

ジーンズにセーターという服装は、ここいらの主婦の制服のようなものだ。この町では中年の下腹に肉がつき始めた女でも、なぜかジーンズを好む。おそらくそのことで若さを守っているつもりなのであろう。幸子に言わせると、スーパーの売場に上がゴムになったジーンズがいくらでも並べてあるそうだ。幸子はまだそれを穿《は》くところまでは至っていないが、ウエストがゴムのジーンズというものを忠紘は想像出来ない。

しかしそれにしても、〝仕方ない〟という言葉と、あの苛立《いらだ》たし気な目はないよなあと忠紘は思う。おそらく房枝はさっき、自分たち夫婦を眺《なが》め、あらためて奇異な年齢差を感じたのであろう。しかしそんなことを幸子に知られてはまずい。忠紘はとっさに自分のせいにすることにした。

「いや、僕がさっき玄関でぼうっとつったたって、ろくな挨拶もしなかったから、それでお袋カリカリしてるんだ」

「何もさ、たかがボーイフレンドが送ってくれたぐらいで、こんなに騒ぐことはないじゃないの。ねえ……」

ややあって玄関のドアが開く音が聞こえ、久美子を先頭に渡辺が入ってくる。彼女が先ほどからむっつりした表情をしているのは、おそらく照れにいくらかの得意さと緊張が混じっているせいだろう。

「あっ、渡辺先生、スリッパをはいてよ」

それを差し出すわけでもなく、命令口調で言うのには驚いた。

「あ、わかった」

男も素直にそれに従う。ちらりと見た渡辺のソックスは、テディベアの模様だ。こんなしゃれたものを身につけるからには、上のものも気を配らなくてはならないはずだが、彼のセーターといい、ズボンといい、普通の色とかたちだ。カジュアルにはなりきれない真面目《まじめ》さが漂ってくる。あまりにも唐突なテディベアの靴下《くつした》は、おそらく久美子からのプレゼントなのであろう。

「父と母です」

「まあ、先生、いつも久美子がお世話になっております。今日は遊んでくださった上に、遠いところまで送ってくださって本当にありがとうございます」

幸子が肘で忠紘に信号を送ってくる。何を意味しているかすぐにわかる。

「アソンデクレテ、ナンテオカシイネ。セックスシテクレテ、ナンテイッテルヨウナ、モンジャナイノ」

「それから」

久美子は確かに一呼吸置いた。

「兄夫婦です」

「はじめまして」

渡辺の目が、小さな疑問のために見開かれる。この夫婦、なんだかおかしいぞ。女房の方があまりにも年をくっているんじゃないか。本当に夫婦なんだろうか。

忠紘はこういう視線には慣れっこになっている。自分と幸子のカップルは普段は他人にそう違和感を与えないのであるが、二人並べて静止する情況に追い込まれると、やはりそのことが露《あら》わになるらしい。

「あの、お兄さんもこの家にお住まいなんですか」

やはり弁護士だ。彼は重要な二つの点に気づいたのである。

ひとつ、普段は別居している兄夫婦が、いまここに居るとしたら、ことは大げさなことになる。自分はまるでフィアンセのように思われていて、今夜は品定めされているのではなかろうか。

ふたつ、同居するにしてはこの家は狭いような気がする。この居間にしても、ソファセットとダイニングテーブルが、隙間がないぐらいに配置されている。自分のつき合っている女性の実家は、大家族主義をとっているのか、はたまたあまり余裕がないのであろうか。

渡辺の疑問をいち早く察したのは、当然のことながら久美子である。

「あのね、いま事情があって一緒に暮らしてるのよ。近くに住んでいる祖母が寝込んじゃったから、義姉《あね》は看病しに来てるの」

「ああ、そうですか」

渡辺の唇《くちびる》に好意的な微笑が浮かぶ。

「年寄りの世話はどこのうちでも大変ですよねぇ。うちでもおととし祖父を亡《な》くしましたけど、その前は大変でしたよ、家中がしっちゃかめっちゃかでしたから」

「まあ、それはそれは。それで渡辺先生は、いまご両親と暮らしていらっしゃるんですか」

　幸子の肘の信号がまたまた動き出す。

「ソラ、ハジマッタヨ」

「ええ、いま両親と弟と横浜です。僕たち一家がこんなに長いこと一緒に暮らすなんて初めての経験ですよ」

「渡辺先生のお父さまは、銀行の副頭取されていたから……」

　久美子は銀行の名と副頭取という言葉をなめらかに発音した。おそらく自分の頭の中で日々繰り返しているから、これほどすらりと出てくるのだろう。

「ずうっと、海外でお暮らしだったの。渡辺先生が学生の頃は、ご両親だけでロンドンへ行ってらしたのよ」

「へえーっ」幸子のため息だ。

　幸子はあまりにも正直過ぎた。

　おそらく皆がいっせいに「へえーっ」と声を上げると思っていたのだろうが、菊池家の血筋はこういう時に見栄《みえ》を張る。忠紘でさえごく当然のように頷く中、幸子の「へえー」だけが部屋に響いた。

　彼女はきまり悪さのあまり、早口で質問しなければならなくなった。

「渡辺さんっていうのはお金持ちなんですね。すっごいいいとこのお坊ちゃんなんですねえ」

「いや、そんなことはありませんよ」

彼はこんな時育ちのいい者しか出来ぬ、穏やかな口調で答えた。

「副頭取なんていっても、親父《おやじ》はサラリーマンですからね、ごく普通のうちですよ。中学生の時ぐらいまで社宅に住んでいたぐらいだから。ちっとも金持ちじゃありませんｓ」

「なーんだ、えらい人でもそんなものなんだねぇ」

幸子はけたたましく笑ったが、やはりそれも彼女ひとりだけであった。

「弁護士のお仕事っていうのは、大変なんでしょうね」

とってつけたように今度は房枝が質問する。

「ほら、よくドラマなんか見てると、無実の人を救うために、一生懸命働く弁護士さんが出てくるじゃないの」

「そうですね。そういう方もいるんでしょうが、僕は企業を相手にするのが専門ですから、あんまり裁判所へは行きません」

また気まずい沈黙が始まった。よほど喉《のど》が渇いていたのだろう、渡辺はお茶を二杯ほどおかわりする。と、久美子がつうと立ち上がって冷蔵庫から麦茶を持ってきた。

「あ、その麦茶」

幸子が叫んだ。

「ちょっとオ、大丈夫かしらねぇ。夏場はしょっちゅう取り替えたけど、ここんとこボトルに入れっぱなしだよ、悪くなきゃいいけど」

久美子は一瞬真赤になり、その後兄嫁を睨みつけようとしたが、彼女の座った位置は渡辺弁護士からよく見えるところだ。ただ口惜《くや》しそうに肩を二、三度いからせた。

「お前、何も渡辺さんの前であんなこと言うことないじゃないか」

後に忠紘が叱《しか》ったところ、幸子は全く悪気がなかったと舌を出した。

「だってさ、あんなにご立派な仕事をしてる弁護士先生が、お腹《なか》こわしちゃまずいと思ってさ、親切に言ってやったんだよ。それに久美ちゃんはちっとも料理しやしないから、冷蔵庫の中身には疎《うと》いんだよ」

渡辺はさすがに麦茶に手をつけない。房枝は怒鳴った。

「久美子、気がきかないわね。ビールをお出ししなさい、ビールを」

「何言ってるのよ、先生は車なんじゃないの」

「あぁ、そうだったわね」

房枝もかなり焦っているらしい。その時幸子が立ち上がった。

「うちの子のジュースがあるわ、それでいい？」

「ええ、いいです」

相手の勢いに呑《の》まれたのか、渡辺はこっくりと頷く。そんな表情には幼さがあり、忠紘はこいつ幾つだろうかと思わずにいられなくなった。久美子より年上だとすると三十を過ぎていなくてはならないが、顔の艶がやけにいいのだ。最近まめにパックしている久美子よりも、はるかに肌理《きめ》こまかくしっとりしている。

「あのう……」

忠紘が初めて発言するので皆がこちらを見ている。

「あのう、渡辺先生っていうのはお幾つなんですか」

幸子から渡されたオレンジジュースを飲みながら、彼はおっとりと答えた。

「今度、二十七になります」

気まずい雰囲気《ふんいき》にあたりが支配された。久美子は今度こそはっきりと兄を睨む。

「何年《なにどし》ですか」

とっさに忠紘はつまらぬ質問をした。

「うま年です」

「ま、うま年っていうのはとてもいいのよ。辰《たつ》の……」

その場を救おうとした房枝はうっと言葉に詰まる。おそらく辰年の女ととても相性がいいと言いたかったのであろうが、そんなことは口に出来ることではない。

「先生、もうお疲れだから」

辰年の女、久美子は堪《たま》りかねたように皆に宣言したが、はじかれたように腰を浮かしたのは渡辺である。

「あ、すいません、長居しました。もう失礼します」

「まあ、まあ、よろしいじゃありませんか。いまコーヒーが入りますから」

誰もそんな準備をしていないのに、房枝が必死になって言葉を重ねた。

「もっとゆっくりなさってくださいよ。今日は日曜ですし、うちは夜が遅いんですよ」

「いいえ、やっぱり失礼します」

渡辺は軽く頭を下げたが、気を悪くしている様子は全くない。それが証拠にこんなことまで言う。

「また近いうちにお邪魔させてください」

ああと房枝も久美子も安堵《あんど》の表情になった。

しかし車まで見送りに行った久美子が、案の定ぷりぷりしながら戻ってきた。

「いい男性《ひと》じゃないのオ」

房枝は聞いている者が気恥ずかしくなるほど娘におもねた声を出す。

「やっぱり頭のいい人は違うわね。話していても面白いもの」

そんなことを言っても、渡辺は何度か質問に答えたぐらいで、あまり会話というものは成立しなかったはずだ。

「だけどねぇ、困ったわねぇ、渡辺先生っていうのは頭がいいだけじゃなくて、大変なおうちの方なのね。本当にこれから困ってしまうわよねぇ……」

「そんなこと、関係ないでしょ」

それに反して久美子の不機嫌《ふきげん》さはますますつのっているようで、もはや手をつけられない。

「ただ事務所の仲間っていうことで、仲よくして貰《もら》ってるんだからさ、いいおうちとか、大変とか、そんなこと、私に関係ないじゃないのッ」

「そうね、本当にそうね」

房枝はおろおろと哀《かな》しい目をするばかりだ。

「それにさ、羊かんなんか出しちゃってさ。渡辺先生って子どもの時は外国だったから、小豆もんはいっさい駄目《だめ》なのよッ。それにさ、下品にぶ厚く切っちゃってさ」

「あら、悪かったわね。次からは何をお出しすればいいの」

「知らないッ」

久美子は憤然と立ち上がり、階段へと向かう。そして一段目に足をかけながら、まるで芝居で見得《みえ》を切るように家族を見渡した。

「こんなんじゃ、私、恥ずかしくって、もう家に連れてこれないッ」

遠ざかる太鼓のような足音の中、四人はとり残された。最初に口を開いたのは幸子である。

「うふっ、照れてんの。可愛《かわい》いわね」

わずかに皮肉を込めながらも好意を込めた口調である。怒っていないことだけは確かだ。

「私も身に憶えがあるけど、初めて男の人がうちを訪ねて来る時って、いちばん緊張してるのは本人なのよねぇ。お茶の出し方、掛け軸の絵まで気に入らなくって、後で母親にあたったもんだもの」

おいおい、いい加減にしろよと忠紘は舌うちしたくなる。その男とはどう考えても自分ではない。何も両親の前で、そんなおかしなことを言い出すなとむっとしたが、もの思いにふける房枝は何も気づいていないようだ。

「いったい、どうしたらいいのかしらねぇ」

歯痛に悩む人のように、頰《ほお》に手をあててため息をつく。

「このままじゃ、久美子が可哀想《かわいそう》よねぇ」

「釣《つ》り合わぬ縁は……っていうやつですか」

まるで怒らせようとしているのかと思うほど、幸子は明るく反応した。

「確かにちょっと相手のうちがよすぎるけど、そんなに気にすることはないですよ。久美ちゃんっていうのは、元々普通の男の人じゃ嫌だったんだから、こういうことって覚悟のことじゃないですか」

「幸子さんたら……」

房枝は目を大きく開き、奇妙なものでも見るように嫁を眺めた。

「あなたって……、もういいわ。何だか私、もう疲れちゃったから寝ます。悪いけどあと、片づけといてね」

そのまま席を立った。寝室のドアをぴしゃりと閉める。あっ気に取られている二人に、保文が言った。

「幸子さん、悪いがこの羊かんを包んでくれないかな、今から祖母さんのところへ行くから」

最近、週に二回ほど保文は両親の家に泊まるのであるが、今日はいささか時間が遅過ぎる。それでもあえて彼が出かけようとするのは、今夜の自分の寝室が居たたまれないものになるだろうと予感しているからである。

「お義父《とう》さん、もうバスが無いんじゃないの」

「いいよ、タクシーに乗ってくから」

一棹《さお》と半分の虎屋《とらや》の羊かんを紙袋に入れ、保文は出ていった。

「ああ、なんだかやぁな感じ」

幸子は結局手をつけなかった、渡辺の皿の羊かんを頬張る。小豆ものは彼女の大好物なのだ。

「ねぇ、すっごく嫌な感じだと思わない」

「ああ」

「私さ、美奈のパジャマ着替えさせてくるからさ、このまま二人でカラオケ行こうよ」

「日曜日やっててんのかよ」

「駅の方まで行けばいくらでもあるってば。この頃私たち、歌ってなかったもんね」

そう決まると幸子は用意が早い。大急ぎで二階へ行き子どもたちを寝かしつけてきた。

「久美ちゃん、やっぱり中島みゆき、聞いてるよ」

報告することも忘れない。

「またかよォ……。ってことは、相当悲観してるのかなあ」

「何をよ」

「あの渡辺っていう男、やっぱりこの家で違和感あったじゃないか。久美子の亭主になるような男じゃないよ。あいつはそれがわかったんじゃないか」

「しっ」

幸子は寝室のドアをさして言う。

「こんな狭いとこで本当のことを言っちゃ駄目。カラオケボックスで歌って話そ」

幸子は演歌を二曲たて続けに歌った。子どもの母親仲間とよく出かけるだけあって、さびまわしや情感の入れ方もなかなかのものだ。セリフが入っている曲が特に好きで、芝居っ気たっぷりに、夫に流し目をくれたりする。

こんな不幸な女ひとり
寝酒がわりの身の上話

あなた……

聞いてくださって

本当にありがとう……

せめてもう一杯

酌《つ》がせてくださいねぇ……（間奏）

「やんや、やんや」と声を出して、忠紘が拍手をするのが二人のカラオケのきまりである。さっきまで居間で繰りひろげられた奇妙な場面も、幸子とこうして歌っていればすぐに忘れることが出来る。

そのために多少寝不足になっても構わない。

「ねぇ、ちょっと」

ウイスキーの水割りを飲み干し幸子が言った。彼女は酒屋の嫁らしく、ウイスキーの小瓶《こびん》をしのばせてきた。カラオケボックスの一杯に足して、三杯飲もうという生活の知恵である。

「ねぇ、前から言ってたアレ、どうなってるのよ」

「アレって……？」

「ほら、アパート借りて住みたいから、私に月給をくれないかなあっていう話だよ」

忠紘はいっぺんに酔いが吹き飛んだ。保文の返事を聞いてきてくれと言われたのは一カ月以上も前のことだが、ついに父親に言い出すきっかけがつかめなかった。そして幸子に向かっては「考えておくってさ」と誤魔化《ごまか》していたツケが、まわってきたのである。

「だからさ、親父は考えておくって言ってそのままさ、その、すぐにまた僕がせっつくからさ」

「ちゃんとしてよね」

しかし幸子はそう夫を責めるわけでもなく、カラオケリストをめくり始めた。

「私、思うんだけどさ、久美ちゃんがお嫁に行ってからだと、あのうち出にくくなると思うのよ。何しろ私は、食事もつくりゃ、掃除もして、お祖母ちゃんのめんどうもみるコンビニエンス妻だからね、久美ちゃんがいなくなると引き留められるような気がしちゃうんだよ」

お袋がそんなにやわな女だろうかと、忠紘は首をひねるのであるが、話題を極力そちらへ持っていきたくない。

「お前、久美子のアレ、決まると思ってんのか」

「決まるわよ、もちろん」

幸子は大きく頷いた。

「久美ちゃんの顔見た？　ありゃあ、男にめろめろだよ。すごいよ、損得抜きだよ」

「そうかなぁ、何だかやたらぷりぷりして、あんまり嬉《うれ》しそうじゃないけどなぁ」

「ふん、だからあんたは女っていうものが、まるっきりわかってないんだよ」

幸子は嘲《あざ》けるように夫を見た。

「私もさ、意外だったんだけど、久美ちゃんしおらしかったじゃないの。あの渡辺っていうのに気を使っちゃってさ。久美ちゃんが不機嫌なのはさ、自分のうちが庶民だっていうのが、つらくて腹立っちゃってるわけよ。それでいて家族には、男に気がねしているように思われたくないわけよね。乙女心っていうのは複雑なんだから」

「だけどさ、何もそんなことまでして、あの男と結婚することはないじゃないか。もっと自分と釣り合った男と一緒になればいいんだよ」

「仕方ないじゃないの。玉の輿《こし》に乗るっていうのが久美ちゃんの夢だったんだから」

「ふうーん。お前、結構久美子の肩を持つじゃないか」

「そんなことはないけどさ……」

幸子はとっさに夫から目をそらす。その横顔に久しぶりに羞恥《しゅうち》というものが現れていた。

「あのさ、女が好きな男と結婚しようと思ってる時は、もう誰も止められないよ。私がそうだったもん……」

「まあな……」

忠紘も照れて下を向いた。二人にあの苦難の日々の記憶が浮かびあがってくる。忠紘は二十四歳の青年で、幸子は三十六の人妻であった。その二人にこうして子どもたちを寝かしつけ、カラオケに興じる日が来るとは思いもよらなかった。

「久美子も、渡辺と結婚出来るのかな」

「出来るよ」

幸子はきっぱりと言う。

「久美ちゃんはあれでねちっこいところがあるからね。それに渡辺っていかにもトロそうじゃないの。あんまり女ともつき合ったことない感じだよ」

あっという間にいつもの幸子に戻っている。

「久美ちゃんも、いいところに目をつけたかもよ。エリートにも二通りあってさ、すれてんのとそうでないのがあるじゃないの。渡辺っていうのはすれてない方だよ。あいうのはね、女から責めてくのに弱いんだ、ホント」

「えらく自信持ってるじゃないか」

「だって私、実績あるもん。私さ、昔さ、九大出の医者とつき合ってたんだ。たいして興味はなかったけど、自分の実力知りたくっていろいろやってみた年頃だよ。そしたらさ、ゴキブリホイホイ、あっという間にこっちのもん！」

「そんなこと初めて聞くぜ……」

「いいじゃないの、妻の過去に目くじらたてないの。ま、私は過去があり過ぎるけどさ」

幸子は再びマイクを握る。


火曜日の夜であった。子どもたちは早めに二階へ行き、忠紘は遅い夕食をとっていた。茶飯とおでんという献立は、彼の大好物である。煮かえしたためちょうど味がしみていて大層うまい。飴色《あめいろ》の大根に、黄色の辛子をたっぷり塗り、極上の和菓子のようにも見えるそれをゆっくりと口に運ぶ。

幸子は〆《しめ》サバの小鉢《こばち》を運んできた。これは彼女の自慢のひとつなのであるが、この近所でサバを自分で料ることの出来る主婦は、幸子ぐらいのものだそうだ。

「そこらへんの若い奥さんに、菊池さんの爪《つめ》の垢《あか》でも煎《せん》じて飲ませたいよ」

と行きつけの魚屋に誉《ほ》められたという。

全く幸子の料理の腕はたいしたもので、それも祖母の看病の帰り、慌《あわ》ただしくスーパーで買った材料を工夫してつくる。その手際《てぎわ》のよさといったらない。

さまざまな軋轢《あつれき》が潜在しているものの、この家で一応の小康状態が長く保たれているのは、ひとえに幸子の料理の上手さといっても過言ではなかった。

舅《しゅうと》を舌であっという間に手なずけ、小姑《こじゅうと》の久美子もなんとはなしにおとなしくなった。味音痴の母の血をひいているのか、全く料理が苦手な久美子であるが、それでも今どきの若い女らしくうまいものはわかる。黙々と箸《はし》を動かすだけであるが、それでもわが家の食卓状況が一変したのは認めているらしい。

「これ、少しだけど……」

どこかへ行った時など、名産のかんぴょうやシイタケなどを買ってくるようになった。だがもちろん房枝だけ全面降伏をするわけもなく、口癖の「まあ、まあ」を連発する。

「まあ、まあ、幸子さんたら、こんな手の込んだものをつくって……。何も二人も子どもがいるんだから、茶碗蒸《ちゃわんむ》しなんか家でつくることないじゃないの。スーパーで売ってるわよ、プラスチックに入ってチンすればいいやつ。あれ、結構おいしいわよ。商売やってるうちはあれで十分よ」

その房枝はダイニングテーブルで帳簿をつけている。最近店でやっていた仕事を、家に持ってくることが多くなった。

「暖房費をケチってんじゃないの」

というのは幸子の推理であるが、案外あたっているかもしれない。近所に出来た安売り店のせいで、店の経営は次第に苦しくなっているようだ。

夏の間はそれでもビールの客が多く、店を遅くまで開けていたのであるが、この頃は早仕舞いすることが多い。帰ってくると険しい顔で電卓を叩《たた》いてばかりいる。

どうやら房枝の頭の中では「娘の結婚」という言葉がしっかり刻まれつつあるようだ。それは現実に直面することでもある。

その電話がかかってきた時、おそらく房枝には予感があったのだろう、電卓を片手に少し腰を浮かしかけた。けれどもその前に、皿を下げるために居間を横断中の幸子が受話器を持った。

「あーら、あら、久しぶりィ、元気でしたァ？」

子どもの母親仲間かららしいと、皆それぞれの作業を続行し始めた。房枝もほっとしたように電卓を押す。忠紘は大好物のゲソ巻きに手をつける。駅前の惣菜《そうざい》屋が、寒くなると店の一角をおでん種コーナーにするが、これはその中でも秀逸なものだ。立派なゲソが上等な魚肉にくるまれている。

すぐ傍《そば》で険しい顔の母親が電卓を叩いているが、それも慣れればいつもの夜の光景である。とりあえずわが家は暖房がほどよくきいていて、おでんの他に気のきいた小鉢が三品もついているのだ。

「やだ、気にしないでったらあ、たいしたおもてなしなんか少しも出来なかったじゃないの……。ふふ……、そうかぁ……、ふふふ」

その後の言葉に、忠紘はもう少しでゲソ巻きをとり落とすところであった。

「久美ちゃんはね、今日はまだ帰ってこないのよ。友だちと夕飯食べるってさっき電話あったけどねぇ。どうしてそんなこと知らないの……、ふふ、駄目だよ、一緒の会社でしょ、恋人のスケジュールはちゃんと管理しなきゃ……」

その時、まるで鷹《たか》が翼を拡《ひろ》げてとんでくるように房枝が駆けてきて、幸子から受話器を奪い取った。

「先生、母でございますッ」

息を整えるため、この後、三秒ほどの沈黙があった。

「先日はむさくるしいところへわざわざ立ち寄っていただいて、本当に失礼いたしましたッ」

よほど焦ったのかここでごっくんと唾《つば》を呑《の》み込む。

「汚ならしくて、人間ががさがさおりまして、さぞかし驚かれたんじゃありません？」

忠紘と幸子は顔を見合わす。幸子は唇を〝へ〟の字に曲げて、がさがさという言葉に抗議と驚きを示した。

「久美子はですね、なんですか、女友だちと食事をして帰るっていう連絡がございまして……」

房枝は〝女友だち〟という言葉に、せつないほどの力を込めて発言した。

「でも、もう帰ってくると思いますわッ。ええ、あの子は遅くなるなんてことはめったにございませんのよ。今日みたいな日は珍しくて、そんな時は必ず電話してきますの。あの、帰ってまいりましたら折り返しお電話させます。先生のところは何時までよろしいんですの？　十二時まで？　えっ、そんなに遅く本当によろしいんでしょうか、お母さまは起きてらっしゃいますの」

受話器を置くやいなや、房枝はああと深いため息をついた。そしてまた唾を呑み込む。どうやら冷静になろうと自分を励ましているかのようであった。

「幸子さん……」

最初の〝サ〟はややかすれて出た。

「あなた、渡辺先生の電話だったら、すぐに私に替わってくれればいいじゃありませんか」

「だってあの人、お義姉《ねえ》さんですねって、私に聞いたんですもの。〝ええ〟って答えてるうちに、何となく会話に繋《つな》がっていったんですよ。私だって、一応のお愛想言ったまでだし」

「お愛想だなんて、あなた、ちょっと下品でしたよ」

「そうかなあ、私、いつもの調子だったですけどねぇ」

「それが問題なのよ」

房枝はきっ、と幸子を睨《にら》んだ。

「渡辺先生は、幸子さんがいつも接しているような人たちとは違うんですから」

「私の接している人たちって誰かしら」

幸子は空とぼけて目を宙に漂わせたが、しっかりと結ばれた唇に怒りがにじんでいる。

「私、勤めてるわけでもないし、会う人ったら限られますけどねぇ。お義父《とう》さんにお義母《かあ》さん、お祖父《じい》ちゃん、お祖母ちゃん、それに久美ちゃん、あとはせいぜい子どもの先生ぐらいかしらねぇ……」

「幸子さん」

今度こそ意を決した、という風の「幸子さん」だ。

「私が言いたいのはね、久美子にとっていちばん大切な時に、渡辺先生に向かってあんな下品な言い方しなくてもいいでしょう、っていうことなの」

「下品も何も、あの人、電話口で結構冗談言ってたんですよッ。このうちに寄ったら皆がずらり並んでて、司法試験の口頭試問だか何だかを思い出したって気のきいたこと言うから、私だって笑うじゃないですかッ。それがいけないっていうんですか。それに弁護士っていったって、たかが二十七歳の男の子じゃないですか。まるで総理大臣から電話がかかってきたみたいに、ペコペコすることもないと思いますけどねッ、私は」

「あのね、常識っていうものがあるでしょう、常識が。初めていらしたお客さまと、次に喋《しゃべ》る時の言い方よ。まるで幸子さんたら、水商売の女の人ですよ。キャッキャッ笑い出して……」

他の人は絶対に嘘《うそ》だと言い張るのであるが、菊池家において姑と嫁との喧嘩《けんか》というものはめったに起こることがない。もしあったとしても皮肉やあてこすりによる、頬《ほお》のふくれ、といった程度である。祖母の看病という事態の重さが、房枝をおとなしくさせ、幸子を芝居じみた義侠心《ぎきょうしん》へと駆り立ててきたのだ。

「ねえ、もう少し久美子に気を使ってあげて頂戴《ちょうだい》よ。そうでなくてもあの子、渡辺先生に気がねしてるんだから」

「そりゃね、久美ちゃんは大切な男の人だから気がねも遠慮もするでしょうよ。だけど私たちはあの人には何の義理も恩もないですからね。普通に喋って、普通に応対するだけですよッ」

「そのね、あなたの普通っていうのが、世間一般の常識と違うから、私ははらはらしちゃうんですよ」

「ま、世間の常識ね。お義母さんからそんな言葉聞こうとは思ってもみませんでしたね」

忠紘は齧《かじ》りかけのゲソ巻きを持ったまま、二人のやりとりを見守る。大変なことが起こっているのはわかるのだが、とっさにどうすることも出来ないのだ。このまま二人の会話を続行させたら大変なことになる。自分が必死で守ろうとしたものが、あっけなく壊れてしまうかもしれない。

左手が自然に動いた。「あっ」と大声をあげる。

「ビール、こぼしちゃったよ、雑巾《ぞうきん》、雑巾」

女というのは不思議なもので、どれほど激している最中もこういう時反射的に立ち上がる。

「あーっ！　ちょっと動かないでよ。カーペットに垂れるじゃないのッ」

幸子は今度は忠紘に向かってわめき出した。瓶《びん》から出る一面の白い泡《あわ》が、あたりに緊迫感を与える。

「幸子さん、雑巾よりも、ほら、ティッシュ、ティッシュ」

ビール瓶を倒すという姑息《こそく》な手段に出た忠紘を、おそらく神は憐《あわ》れんだに違いない。この騒ぎの最中に一人の天使をおつかわしになった。玄関のドアが開く音がして、久美子が帰ってきたのである。

以前もそうであったが、一触即発の寸前になるとなぜか久美子は登場してくるのであった。もしかすると大変な勘が働いているのではないかと忠紘は思うことがあるが、そんなことを口にしようものなら、

「また始まった、あんたの身内に対する美し過ぎる解釈」

と幸子は怒鳴るだろう。

久美子はいつもの不愛想な表情で、ハンドバッグを椅子《いす》の上に置く。今夜の彼女は、オレンジ色のスーツで、首にまがいものの真珠のアクセサリーをかけている。このと

ころ驚くほど身なりに大層気を使うようになった。

久美子が帰ってきたとたん、二人の女は先ほどまでの争いが嘘のようにおし黙った。〝原因〟を前にしてはやはり出来ない種類の喧嘩である。

「久美ちゃん、ご飯は」

幸子が、かなりおもねた声を出した。気不味《きまず》さを打ち消すかのようだ。

「いらない、もう食べてきたから」

「あ、そういえば、渡辺先生から電話があったわよ」

いつのまにか再び電卓を手にしていた房枝が言う。そのわざとらしさに、幸子が唇の端でくすりと笑ったほどである。

「すぐに電話くださいって」

「ふうん」

久美子は二階の自分の部屋へいかず、べったりとダイニングテーブルの椅子に腰をおろした。そして指で鉢に盛られたおでんをつまみ始める。久美子のこれほど行儀の悪い姿を見たことがない。

着替えもしないまま、ニュース番組を見始めた久美子に、たまりかねたように房枝が言った。

「ちょっと、渡辺先生がすぐに電話くださいって」

「わかってるってば」

うるさそうに言葉を払いのける久美子の様子には、やはりただならぬところがある。チクワをつまんで濡《ぬ》れた人さし指と親指に、不貞腐《ふてくさ》れた疲れのようなものが漂っていた。

「ねぇ、渡辺先生と喧嘩でもしたの？」

意を決したように房枝が、他の誰もが聞きたかった質問を口にする。

「別にィ……」

女がこういう時は、もちろんしているのである。

「このあいだのこと怒ってらっしゃるんじゃないでしょうねぇ、むさ苦しくて狭いところに平気で上げちゃったりして。渡辺先生、本当はあきれられてるんじゃないかしらねぇ」

「関係ないってば」

「ねぇ、久美子、あんないい人はちょっといないんだから、つまらないことでふくれたり、怒ったりしちゃ駄目《だめ》よ。あなたは小さい時から、途中ですぐにあきらめたりするけど、人間は最後まで努力しなくちゃね」

「やめてってば。私と渡辺先生はただの友だちなんだから。努力も何もないでしょう」

「私もそう思う」

幸子が端から突然口を出した。

「渡辺先生みたいなエリートは慎重だからね、そんなに早く結論出さないよ。久美ちゃん、ヘタするとずっと友だちのままになっちゃうかもよ」

「失礼ねぇ」

久美子はむっと鼻の穴をふくらませた。

「とっくにプロポーズされてるわよ、私」

久美子はこの点に関して、幸子の老獪《ろうかい》さの敵ではないのだ。

「まあ、まあまあ」

房枝のゴクリと唾を飲み込む音があたりに響く。

「久美ちゃん、よかったじゃないの。本当によかった、よかった」

「そんなぁ、わかんないってば」

久美子はリモコンでテレビのチャンネルを替えた。ちょうどニュース番組が始まっていて、それに気をとられているふりをする。

「わからないってどういうことなの。だって渡辺先生はそのおつもりなんでしょう」

房枝は、宝クジが当たったけれど、現金に替えるつもりはない、と宣言した人間に詰め寄るようだ。

「こんないいお話、何がわからないの、何でそう他人ごとみたいな顔をしてるのよ。こういうことは話をどんどん進めていって、親も協力しなきゃならないことでしょう」

次第に本音を出していく房枝に、幸子は苦笑を隠すことが出来ない。急に余裕たっぷりの態度で母子の間に入っていく。

「お義母さんたら、久美ちゃんは恥ずかしがってるんですってば、親が放《ほう》っておいても、当人同士でどんどん話は進んでますよ、ねぇ」

「そんなことないってば」

久美子はめんどうくさそうに、またチャンネルを替えた。水平に閉じられた唇が喋ろうか喋るまいかと左右に動く。

「私さ、いま、いろんなことを考えてるわけ。結婚してもさ、めんどうくさいことは嫌だなあって考えちゃうのよ」

久美ちゃんたらと、房枝は苛立《いらだ》った声をあげた。

「結婚は元々めんどうくさいものなのよ。それなのに最初から、あなたみたいにかったるそうにする人はいないわよ」

「わかった、久美ちゃん、向こうのお母さんが嫌なんでしょう」

突然幸子が発した言葉に、久美子は意外な反応を見せた。

「ピンポーン」

顔は相変わらず無表情のまま、高らかに叫んだのである。

「大正解ですね」

「やっぱり、私さ、そんな気してたんだもん。お母さんのことで、久美ちゃんは渡辺さんと喧嘩してるんでしょう。だから電話しないんじゃないの」

「ヤダー、お義姉さんたら」

久美子は初めてこちらを振り向いた。

「どうしてそんなことまでわかるのよ」

「この道十年、蛇《じゃ》の道はヘビの道だからね」

幸子がいつものおかしな諺《ことわざ》を言う。

「まあ、どういうことなの、向こうのお母さん、何ておっしゃってるのよッ」

驚いたことに、房枝の顔はすっかり青ざめているのである。

久美子はぽつりぽつりと喋り始めた。忠紘は妹の意外なもろさに驚かされる。もっと強がる奴かと思っていたが、心のどこかでは打ち明け、相談したかったのだろう。堰《せき》を切ったように、とは言えないまでも、用水路が壊れかけたぐらいには語り始める。

何でも渡辺の母親が久美子との結婚にあまりいい顔をしないという。実はこのあいだの日曜日、久美子は渡辺の家を訪ねることになっていたのであるが、渡辺からストップがかかった。今はちょっと時期が悪い、もう少し待っていてくれというのだ。

「それでさ、私もなんだか嫌な気分になっちゃったの。そんなことまでして結婚したくないって言ったの」

「久、久美ちゃん、短気を起こしちゃ駄目よ」

この房枝の入れる合いの手がなかなか面白い。久美子が何か言うたびに、

「短気を起こしちゃ駄目」

「男の人ってそういうもんなの」

「結婚ってそういうもんなの」

この三つのうちの何かひとつが挿入《そうにゅう》されるのである。

「いったいどんなお母さんなの」

幸子が比較的冷静な質問をする。

「あのね、帽子づくりが趣味なんだって」

「帽子」

「へえー、帽子」

幸子と房枝は同時に声をあげた。

「あの、帽子って、美智子《みちこ》さまや、雅子《まさこ》さまが被《かぶ》ってらっしゃるあの帽子のこと」

「そう、もう二十年ぐらい習っていて、人にプレゼントするのが趣味らしいの」

久美子は、自作の帽子を被った彼女の写真を見たという。

「すっごいの、こんなにツバが広い、まるでエリザベス女王のお帽子みたいなのよ」

三人の家族の胸に、それぞれの渡辺の母親像が浮かび上がる。が、幸子のそれはあまり鮮明ではなかったらしい。

「あのさ、太ってる人、瘦《や》せてる人？」

「ちょっと太ってるかな、それでね、化粧がちょっときつめ。ハワイの二世みたいな化粧ね」

「ふうーん」

幸子はしばらく物思いにふける。

「だけど気が強そうなお母さんだわよねぇ」

不意に房枝が言った。

「年上だからってそんなに反対することはないじゃないの。それもたった二つの差よ。この頃《ごろ》じゃ年上の奥さんなんて少しも珍しくないのにねぇ……」

おい、おいと忠紘は母親の肩を叩《たた》きたくなる。十年前のことを忘れたわけではあるまい。

けれども房枝は、息子夫婦のことなど全く目に入らないようだ。どこかの濾過《ろか》装置をはずしてしまったように、言葉がぺらぺらととめどなく出てくる。

「今どき何を古くさいことを言ってるお母さんなんだろうねぇ。結婚なんて本人同士のことじゃないの。渡辺先生ももう立派な大人なんだから、すべてを任せるのがあたり前なのにね。二つ年上だからどうのこうのなんて話、今どき聞いたことがないわよ」

忠紘は思わず妻の顔を見た。驚いたことに幸子はにっこりと微笑《ほほえ》んでいるのである。が、唇はきゅっと上にあがっていても目は鋭さを持ったままだ。これは何か意地の悪いことを企《たくら》んでいる時の顔である。

「ねえ、久美ちゃん、正直に話してみて。私たち、とっても心配してるんだから」

こんな猫撫《ねこな》で声も全く幸子らしくないのであるが、娘を説き伏せようと夢中になっている房枝は、何も気づかないようだ。

「あのね、こういうことは対策立てるためにもはっきりさせといた方がいいと思うんだ。渡辺先生のお母さんが反対してるのは、年のことだけじゃないでしょう」

「……」

「このあいだ聞いたけど、あっちは銀行のえらい人なんでしょう」

「副頭取……」

久美子が小さな声でしかしはっきりと訂正した。

「言っちゃ悪いけど、菊池の家はただの酒屋だもんね。やっぱり釣《つ》り合いっていうもんがあるよ。渡辺さんのお母さんはさ、そういうこと言えないもんだから、年上がどうのこうのって反対してるんでしょう。やっぱりさ、あっちがエリートだったり、いい家だったりするとさ、女が悪者にされて嫌だよねぇ」

これは房枝に対する痛烈な皮肉である。間違えたまま幸子の口癖になった「因果往復」によると、十年前に浴びせられた言葉を、幸子はいま姑《しゅうとめ》につき返したことになる。

「忠紘はね、いい大学を出てちゃんとしたところにお勤めしてる人間なんです。あなたなんかと住む世界が違うんです」

その時のことを思い出しながら、幸子はひと言ひと言はっきりと発音する。

「好き同士一緒になればいいっていうのは、貰《もら》ってもらうこちらの言い分でさ。あっちにはあっちの言い分があるよね。東大出て弁護士になった息子には、どんなお嫁さんだってくるだろうって親は夢見てるよねぇ。それを打ち砕かれちゃうわけだからさ、そりゃあ反対のひとつもしちゃうよ。そこんところをわかってあげないとさ」

「まあ、幸子さんったら」

怒りのために房枝の息が荒くなった。

「ちょっとねぇ、あなた。言っていいことと悪いことがあるでしょう。久美子に向かってそんなこと言わなくっても……」

「私はね、本当のこと言ったつもりですけどねぇ」

「まあ、まあ、まあ」

忠紘は両手を挙げた。おでんも飯も、何もかもとっくに冷めていた。全くとんだ夜になりそうである。一難去るとまた一難で、いったん点《つ》いた火種は、また別の風でくすぶり始める。

「あのさ、幸子だって久美子のことを心配して言ってるんだからさ。本当に幸せになってもらいたいし、家族だからこそはっきりしたことを言うんじゃないか」

「あのね、幸子さんはご存知ないかもしれないけどねぇ、菊池の家っていうのは決してただの酒屋じゃありません」

ややは態勢を立て直した房枝である。

「あら、そうなんですか」

と幸子。

「戦争前まではこのあたりの大きな地主だったのよ。家業のひとつでたまたま酒屋をしていたのがこうなったんですからね。私がお嫁に来た時は、このうちの嫁にしちゃ下過ぎるって、お祖母ちゃんにさんざんいじめられたんだから」

「まあ、お義母《かあ》さんも私と同じようなご苦労なさったんですね」

よせ、と忠紘は目で制したが、幸子がおとなしくなるはずはなかった。

「この家は昔はたいした家だったんですね。単に今はおちぶれちゃったわけか」

ところがこの〝おちぶれた〟という言葉を善意に解釈して、房枝は大きく頷く。

「そうなのよ。お祖母ちゃんを見ればわかるでしょう。あの人は大変なおうちからいらした方だからねぇ、それをずうっと鼻にかけててねぇ……。生涯《しょうがい》私のことは、お手伝い扱いだったわよ」

祖母の淑子はまだ生きているのに、過去形となった。

「幸子さんだって、お祖母ちゃんのうちに行ってればわかるでしょう。あの門だって、あの庭だってたいしたもんよね。戦後、かなり切り刻んで売ったっていっても、まだあなた、都内であの広さで、あの門構えですもん」

房枝は全く寄りつこうとしない夫の実家を、自慢気に口にするのだ。

「そおですよねぇ、私も初めて行った時、ビビっちゃいましたよ。冠木門《かぶきもん》っていうんですかあ、お邸《やしき》にあるみたいな門があって、松の木や梅の木もあって。ああ、本当に菊池のうちって旧家なんだなあって思いました」

幸子の奴、何か企んでいるなと忠紘は直感した。

「私ね、さっきから久美ちゃんの話を聞いていて、ああもったいないって本当に思っちゃった」

「もったいない？」

房枝の目がきらりと光る。

「だってそうじゃありませんか。お義母さんたちもともとあの家に住んでいたんでしょう」

「まあ、私がお嫁に来た頃だけれどね」

「だったら久美ちゃんがあの家に住んでいたとしても、まるっきり不思議じゃないわけでしょう。あの立派な家だったら、久美ちゃんも堂々と渡辺先生とおつき合い出来るのにねぇ……」

その夜、床に入ってからも幸子は何度か思い出し笑いをして、忠紘に気味悪がらせた。

「だって面白いじゃないの」

幸子は何か言いかけ、またくっくっと笑う。

「あのさ、お義母さんって異常に強気な人だから口に出しては言わないけどさ、久美ちゃんと渡辺のこと、結構つらいんだよね」

二人きりになると、渡辺と呼び捨てである。

「だってさ、渡辺のうちはさ、銀行のえらい人なんだろ。そこの長男の嫁がさあ、こんなにさえない建売住宅じゃさ、やっぱり考えちゃうんじゃないのォ、あのエリザベス女王のママ」

忠紘はまだ会ったことのない渡辺の母の姿をなぜか思い描くことが出来る。あのエリザベス女王が被っていたような帽子、という話がよほど印象に残っていたのだろう。

「だけどさ、ここからすぐの高級住宅地にさ、結構なおうちがあるんだよね、これが。まわりに住んでいる人も上品だしさ、家は古いけどそれが風格つくっちゃったりしてさ。もし久美ちゃんの結婚決まったらさ、両家の挨拶《あいさつ》だの、結納だのいろいろあるんだよ。ここのリビング兼ダイニングの狭いとこでやるのと、お祖母ちゃんちの座敷でやるのとじゃ雲泥《うんでい》の差だってこと、いくらお義母さんでもわかるよね。だけどさ、お義母さんは、お祖母ちゃんを嫌《きら》い抜いてる。ちっとも寄りつきゃしない。お祖母ちゃんには会いたくない、だけど娘は可愛《かわい》い、エリザベス女王のママにいいとこ見せたい。さあ、フサエさん、どう出てくか、ここは思案のしどころだよ」

一息に言った後、幸子はさも満足気に頬《ほお》を震わせた。

「お前って、本当に意地が悪いなあ……」

「そりゃ、そうだよ。意地悪には意地悪で立ち向かってかなきゃ。いや、おたくのお母さんは意地が悪いっていうんでもないかな。意地悪な人ってもっと明るいもん。お義母さんはただ情が薄くって、常識がないだけさ。お祖母ちゃんのこと、あそこまでも自分勝手に出来るわけないよ、もう限界だよ。それを私が教えてやるのさ」

秋から冬にかけては、呉服売場がいちばん忙しい頃である。正月、成人式と非常に有難いビッグ・イベントが、次々と続くのだ。

上司ともよく話すのであるが、この秋頃から確かに手ごたえを感じ始めている。節約にすっかり飽きた女たちが、また特選売場に顔を出し始めた。バブルには左右されない金持ちというのは確かにいるのだが、この何年かの不景気風に身を慎んでいた、というのが本当のところだろう。

今も得意客のひとりが、正月用に特別に染めさせた訪問着の柄《がら》を見にきたところである。近々人間国宝になるのではないかと噂《うわさ》されている友禅作家に、鶴《つる》をモチーフにしたものをつくってもらった。値段はもちろんかなりのものになるが、毎年の初釜《はつがま》に同じものを着ていけないからと実業家夫人は顔をしかめる。

全く美しい着物を目の前にしたら、少しはにっこりとでもすればいいのに、こういう時絶対に女は不機嫌《ふきげん》そうな顔をするものだ。

「色がもうひとつ見本と違ってたかしらね」

内心は嬉《うれ》しくてたまらないのだが、文句を口にせずにはいられない。こういう時の女の心理を忠紘はまだ理解しかねているのであるが、丁寧に言葉を尽くす。

「いや、いや、とてもいいお色味でございますよ。こんな風に華やかなお色は着る人を選びます。岡田さまのような方でないと着こなしていただけません」

「そうかしらねぇ」

自分の着物の柄そっくりに、鳥のように痩せて筋張った女はにんまり笑いかけたが、さっと意地の悪い表情に戻った。

「菊池さんって口がうまいんですもの。それで私は、おたくの支払いを増やしてパパに叱《しか》られちゃうのよ」

呉服売場というのは、常連客と売る者とがつくり出す淡いSMの世界ではないだろうか。女客はどこまでも傲慢《ごうまん》になり、社員はどこまでも卑屈になっていく。

「じゃあ、早めに仕立てといてよね。お正月にはちゃんと間に合わせてくれるんでしょうね」

「はい。この季節ですから込んでおりますが、岡田さまのは特別に大至急で頼んでおきますので」

彼女をエレベーターのところまで送っていこうとした時、忠紘は「新春用特別お買得小紋」のコーナーの前に、若い男が立っているのを見た。トレンチコートを着て、左手に紙袋を持っている。渡辺であった。忠紘を見て軽く会釈《えしゃく》をした。どうやら客が帰るまでここで待っていたようだ。

「すいません、近くまで来たもんですから」

渡辺は軽く頭を下げた。

「出来たらちょっと時間をとっていただけませんか。三十分で結構ですから」

こういう強引さは、いかにも弁護士らしい。

「じゃあ、どこか行きますか」

忠紘は三階のコーヒーショップに居るからと女店員に声をかけたが、それを聞いていたようでエスカレーターの前でぽつりと言う。

「地下へ行きませんか。あそこにうまいケーキ食べさせる店があるじゃありませんか」

こいつやっぱり甘党だなと忠紘は思った。地階の食料品売場の一角に、パリの有名菓子店が出店しているのだ。たかがケーキ一個に法外な値段をとるが、その分社員が近づくこともなく、かえって好都合かもしれなかった。

平日の昼下がり、まだ売場が混《こ》むには少し間がある。客は他に中年の女が二人、シユークリームを頬張っている最中であった。

「コーヒーでいいですか」

「あ、紅茶にしてください。僕はコーヒー駄目《だめ》なんです」

渡辺はその紅茶にも細かい注文をつけた。

「紅茶はつがないで持ってきて下さいね、最初にミルクを入れたいから。ミルクはフレッシュじゃなくて普通ので」

「やっぱりロンドン帰りは違うな」

　忠紘がかすかな皮肉を込めてからかうと、渡辺はいやあとかすかに笑った。秀才によくある、前歯を全く動かさない笑い方だ。そのまま喋《しゃべ》るから、初対面の相手は小馬《こ ば》鹿《か》にされたような気がするかもしれないが、本人は全くその気がない。

「ロンドンに居たっていっても、たった二年ですよ、二年」

　指をVサインのように拡《ひろ》げた。

「だけど何だか僕の家では、昔から紅茶しか飲まないんですよね。多分、コーヒーを淹《い》れる方がめんどうくさいからじゃないですか。おかげでコーヒー好きじゃなくなって、よく人から気取ってるなんて言われますよ」

　ウエイトレスが銀の盆にのせた何種類かのケーキを見せにくる。渡辺は真剣なおももちでじっくり眺《なが》め、

「その、チョコレートのやつ、下さい」

　おもむろに注文した。今はやや丸顔といった程度であるが、三十過ぎたらきっと肥満に悩むことになるだろうと忠紘は思った。

　やがて彼が選び出したケーキが運ばれてきた。渡辺は三角形のとがった部分を、大切そうにフォークで切り崩す。その様子は無邪気といってもよく、忠紘はかすかに苛《いら》

立《だ》ってきた。

「わざわざ来てくれて、用事っていったい何なんだろうか」

「あの、久美子さん、この頃うちでどうですか」

彼はケーキを咀嚼《そしゃく》しながら、恋人の名を口にした。

「どうって？」

忠紘は白ばくれる。渡辺がここに来た理由などとっくに予想がついていたが、しばらくは知らないふりをしていた方がいいだろう。

「あのう、久美子さん、僕のことを何か言ってませんか」

「別に……。妹はご存知のとおり、あんまり喋る娘じゃないんだよ。会社のことや外であったことをペラペラ話したりはしない。それより渡辺先生は同じところで働いているんだから、僕たちより久美子の様子に詳しいんじゃないの」

渡辺は忠紘よりかなり年下であるから、くだけた喋り方をする。けれどもつい「先生」をつけてしまうので、どこかアンバランスな話し方になった。

「久美子さん、この頃僕とまるっきり口をきいてくれないんですよ」

「へぇー、どうして」

「そりゃあ、僕のことを怒っているからでしょう」

渡辺はきゅっと唇を閉じたが、上唇の端に淡くチョコレートが残っている。彼はまさしく幸子の看破したとおり、

「つけいりやすい方のエリート」

であった。

「あのお、久美子さんを僕の両親に会わせることになってたんですけれど、僕の方に都合が出来て、ちょっと延期してもらうことになったんです。そうしたらものすごく怒って、もう一週間くらい僕とろくに口をきいてくれないんです」

「あいつもむずかしい女だからなぁ」

忠紘は思わず腕組みする。

「同じところで働いているもんですから、かえって問い糾《ただ》すことも出来ない、強い行動にも出られない。だから僕もほとほと困ってしまって……」

「渡辺先生も気づいてるかと思うけど、あいつはプライドが高い女なんですよ。先生のおうちが反対だってことに気づいて、それで気分を悪くしてるんでしょう」

「そこに誤解があるんですよ」

渡辺は舌をなめらかにするためにか、紅茶をごくりと飲み干した。

「うちの母親だって、頭ごなしに絶対反対してるわけじゃない。ただ、僕が久美子さ

んのこと突然言い出したもんで、もう少し考える時間が欲しいって言ってるだけなんです」

「普通ね、それを反対してるって言うんじゃないのかなぁ」

「そうかなぁ。そんなにわからない母親でもないですよ」

渡辺は首をひねった。

「うちの母親っていうのは、それなりに学も分別もある人間ですからね、結婚についても自由な考えを持っています。本人が選んだ相手だったらいつでも歓迎するって、僕にも弟にもよく言っています」

忠紘の中にひとつの情景が不意に浮かび上がる。紅茶を飲みながら楽し気に語る渡辺一家の居間だ。例のエリザベス女王の帽子を被《かぶ》った彼の母親が、にっこりと微笑《ほほえ》みながら言う。

「ママはね、いつもあなたたちの味方よ。あなたたちのお嫁さんだったら、ママはうんと大切にするわ……」

ぼんやりとした渡辺の母の顔が次第にはっきりしてきて、それは房枝となった。帽子を被った房枝……。

「あのねぇ、そういうのって机上の論理だと思うよ」

忠紘は思わず言った。

「母親なんてさ、結婚する前だったらどんなことだって言うもの」

「そうですかねぇ」

「そうだよ。渡辺先生だから言うけど、うちの母親だって、しっかりした頭のいい女だってずっと長いこと思ってた。だけどいざとなったら別人みたいになるよ」

「お義兄《にい》さんは、結婚の時大変だったみたいですねぇ」

渡辺はケーキの最後のひとかけらをフォークにつきさしながら言った。

「なんでもお義姉《ねえ》さんの方が、五歳年上だったから大反対されたんでしょう」

久美子の奴、どこまで見栄《みえ》っ張りなんだろうと忠紘はため息をつきたくなる。詮索《せんさく》をされる前に、小さな嘘《うそ》で誤魔化そうとするのは、嫁入り前の娘のいじらしさと思うべきなのだろうか。

「久美子さんのお母さんも古いですよねぇ。今どき五歳ぐらいどうってことないですよね。僕、お義姉さん好きだな。面白くって明るい人ですよねぇ」

「まあね」

忠紘は曖昧に笑うしかない。

「とにかくですね、この件は長くなればなるほど複雑になっていくと思うんですよ」

ケーキをすっかり食べ終わった渡辺は、急に身を正した。

「ちゃんと久美子さんと話をしたいんですが、彼女の方でまるっきりその時間をつくってくれないんです。ぷりぷりしてるし、僕を避けようとばっかり。外から電話をするとガチャンって切られてしまいます」

忠紘は久美子の気持ちが手にとるようにわかる。家柄も学歴もすべてが揃《そろ》った理想どおりの男と、プロポーズまでこぎつけたものの、いざとなると幾つかの劣等感が頭をもたげる。ましてや相手の母親は反対しているのだ。久美子の性格だとさぞかし拗《す》ねて不貞腐《ふてくさ》れているに違いない。

「あのね、さっきも言ったとおり、妹はやたらプライドの高い女なんだよ。それがさ、根拠のないプライドだから、対処するのがむずかしいんだよね」

「僕の母親の件が、彼女を傷つけているのはわかりますが、それは誤解っていうもんで……」

「誤解なら誤解で、ちゃんと解いてやってよ」

我ながら急に兄らしい口調になったと忠紘は思った。

「渡辺先生のお母さんに、妹は受け容《い》れてもらえないと思っているわけでしょう。だからお母さんとのことをクリアにしてから、もう一回妹に話しかけたらどうかな」

「うちの母親から、彼女を招待するようにすればいいんでしょうか」

「そういうこと」

「だったら母親に電話させますよ。うちに遊びに来てくださいって……」

「そう、そう。その時にだな、このあいだは風邪をひいて約束を破ってすいません、みたいなことを言ったらツジツマが合うと思うんだけど」

「母親がそんなこと言うかなぁ。芝居をさせるのかって怒り出すんじゃないかなぁ」

首をひねる渡辺に忠紘は声を荒らげた。

「だって君はどうしても久美子と仲直りしたいんだろう。このままじゃ困るんだろ。だったら母親を説得して何だって言ってもらうのが本当だろ」

「わかりました」

「そりゃあ、そんなことまでしなきゃ機嫌《きげん》が直らない馬鹿な女ですよ。どうしようもないぐらい頑固《がんこ》で見栄っ張りだよ。だけどそんな女を好きになったのは君なんだからさ、落とし前をつけなきゃ」

「そうですね……」

むっとするかと思ったが、渡辺は素直に頷いた。

東大出を頷かせたというのは、忠紘にとって初めての経験である。よく考えてみるとこの男はもしかすると、自分の義弟になるかもしれないのだ。

「母親を説得して、きっと近いうちにうちの者に会わせます。全くこのままじゃ、久美子さんぷりぷり怒ってて、本当に怖いんですよ。毎日居たたまれませんでした」

ふと思いついて忠紘は尋ねた。

「あのさ、君、久美子のどういうところがいいわけ。あんな気むずかしい、愛想のない女をさあ」

「僕は気の強い女が好きなんです」

間髪を入れず渡辺は答えた。

「気が強い女が、ちらっと見せる可愛《かわい》らしさがいいんですよね。最初からくねくね可愛い女なんかに少しも魅力を感じませんよ」

「あのさ、君は苦労すると思うよ」

「えっ？」

「僕と似てるからさ。ま、いいよ、いいよ」

破局

日曜日の朝であった。〝遅出〟の忠紘はゆっくりとコーヒーをすすっている。幸子はこの頃《ごろ》うまいコーヒーに凝っていて、すっかり手なずけた喫茶店の店員から、豆を分けてもらっているのだ。

どんなに忙しくても豆から淹《い》れ、香り高い一杯をつくる。これは当然のことながら、房枝の、

「まあ、まあ、まあ」

という例の悲鳴を上げさせる原因となった。

「子どもが二人もいて、手がかかる盛りなのに、どうしてこんな手間をかけるの。コーヒーなんてインスタントで十分じゃないの」

「私、あの声を聞くと、この頃じゃなんだかおかしくなっちゃって」

幸子は言う。

「本当につらそうな声出すんだもん。自分がいくら料理ベタだからって、他人が手間かけてるの見るの、そんなに嫌《いや》なもんかねぇ」

その房枝はとうに食事を済ませて、浴室で洗濯機《せんたくき》をまわしている。休日はいつもそうだが、息子夫婦と家に居る時、彼女は別室で立ち働いているのが常だ。浴槽《よくそう》を磨《みが》いたり、その残り湯で小物を手洗いしたりする。

幸子は姑《しゅうとめ》の気持ちが手にとるようにわかるらしく、伸びをしながら大きな声で言った。

「さて……と、そろそろお祖母《ばあ》ちゃんところへ出勤しなくちゃ。今日は弥生叔母さんが来てくれてるはずだから助かるけど」

「じゃ、一緒に出ようか……」

言いかけた口を、そのままあんぐりと広げた。階段ののれんを奇妙な物体が盛り上げている。帽子を被《かぶ》った久美子であった。そう大ぶりではないクリーム色の帽子は、ぐるりを薔薇《ばら》の花で飾られている。おそらく帽子に合わせて精いっぱいのコーディネイトをしたのであろう、玉子色のニットワンピースを着た久美子は、いつにも増して不機嫌そうであった。

「あら、とってもよく似合うじゃないの」

よせばいいのに、幸子がほがらかな声で誉《ほ》めた。

「素敵！　まるでダイアナさんみたい」

忠紘は血の繋《つな》がった兄だから、やはり正直に言ってしまう。

「おい、おい、何だよ、それ。冬にそんなもん被って、どっかおかしくなったんじゃないかと思われるぞ」

その時だ、間髪入れず、という感じで浴室と居間との境のガラス戸ががらりと開いた。

「まあ、とってもいいわ」

洗濯の途中だったのだろう、房枝の右手には絞ったセーターが握られている。

「綺麗《きれい》よ、きっとあちらのお母さまもお喜びでしょう」

「あちらのお母さま」という言葉ですべて忠紘は理解した。確か渡辺の母が、帽子づくりが趣味だと聞いたことがある。

久美子との仲がまずくなっていると、渡辺が職場まで相談にやってきたのはもう一カ月以上前のことだ。

その後どうなったのだろうかと気になっていたのだが、歳暮《せいぼ》商戦の時期に入りとても妹の恋愛どころではなくなった。〝遅出〟にしてもらい、ゆっくりと朝食を摂《と》るのも久しぶりのことである。残業続きで、きちんと幸子と話したこともない。

しかしその間に、久美子の方はあきらかに何らかの変化があったようだ。目の前のこの奇妙な帽子が何よりの証拠である。

いや、もしかするとこの帽子は奇妙でもなんでもなく、非常にオーソドックスな美しいものかもしれない。しかし帽子というのはあまりにも非日常的なもので、見ているこちらに胸騒ぎが起こる。ましてや背景は建売住宅独得の土壁に、十二支を描いたのれんである。大邸宅でこの帽子を見かけたならば何とも思わなかったかもしれぬが、この家ではあまりにも唐突で滑稽《こっけい》だ。

「お前……、本当にそんなもん被って外に出るのかよォ」

子ども時代の口調になる忠紘を、房枝は怖《おそ》ろしい目で睨《にら》みつけた。

「何言ってんのよ、あちらのお母さまが、久美子のためにつくってくださったのよ。今日、あちらの家へ遊びに伺うんだから、被ってくのは当然でしょう」

「そりゃあ災難だったよなあ。帽子づくりが趣味じゃなくてさ、ポプリとかケーキづくりが趣味なら助かったのになあ」

幸子が傍《かたわ》らに立つふりをし、器用に肘《ひじ》のモールス信号を送ってくる。

「イイカゲンデヤメナサイヨ、クミチャンガカワイソウ」

しかし当の久美子は、そう怒るふうでもなく、ふんと肩をすくめただけだ。

「いいわよ、いまちょっと被っただけだもん。まさかこのまま電車に乗れないから、手に持ってくわ」

「久美子、帽子っていうのは急に被るとヘンになるわよ。必ず駅のトイレかどこかへ寄って、鏡見て被りなさいね」

「わかってる」

「それから手に持ったら失《な》くさないようにね。形つぶれないようにしなきゃ。混《こ》んでる方へ行っちゃ駄目《だめ》」

まるで危険物扱いである。

その時、幸子が台所へ行ったかと思うと四角い包みを持ってきた。それが何だかすぐに忠紘にはわかった。彼女が時々焼く手づくりのケーキだ。

「ありがとう」

帽子にふさわしい高慢さと優雅さを持って、久美子は義姉に頷く。

久美子よりもひと足遅く二人は家を出た。幸子は右に折れるバス停の方へは行かない。

「ちょっと買い物があるから駅まで行くよ。駅からのバスにする」

一緒に歩き始めた。日曜日の道路は、ゆったりとした雰囲気《ふんいき》が漂っていて、犬をつれた老夫婦が歩いているかと思うと、クラブを一本小脇《こわき》に抱えた男が自転車で通る。

「ねぇ、久美ちゃん、さっきわりと嬉《うれ》しそうだったと思わない」

「そうかなぁ……。あんなへんてこりんな帽子を被らされて迷惑そうな顔をしていたと思うけどなぁ」

「本当に迷惑だったら、わざわざ被って見せたりしないわよ。あのコって、ああいうええとこ風のことをしなきゃならないの、内心は自慢なんだったら」

「そうかなぁ、そこまで舞い上がってやしないと思うけどなぁ……。ま、背伸びして後でつらくならなきゃいいけどな」

「つらくなるはずがないじゃないの」

幸子は白い息を吐きながら意地悪そうに笑った。

「女はね、背伸びするのが大好きなんだから。みんなそれを望んでんだってば。ラクして自分の背丈で生きるよりもさ、ぐうーんと無理して生きるっていうのも張り合いがあるっていうんじゃないの」

「お前もそうなのかよ」

「私はさ、普通の女と違ってさ、男の学歴や金のことはあんまり思わない性質《たち》かもね。

昔さ、九大の医学部出た男にそりゃあしつこくされたけどさ、徹底的に振ってやったもんねぇ」

それがとても自慢らしく、この話をするたびに、幸子は鼻をつんと鳴らすのである。

「だけどさあ、私はやっぱり一生に一度のすんごい背伸びをしてるからね。ひとまわり下のあんたと結婚して、四十過ぎてから子ども産んでさあ。こんな背伸びしてる女、ちょっといないと思うよ」

「僕と一緒に暮らしてるの、そんなに無理してるのかよォ」

「馬鹿《ばか》だねぇ、そんなことじゃないったら。自分の生き方の丈よりも、ぐうんと伸びようとした、ってことなんだってば」

「僕さ、お前と暮らすの、結構ラクで自然なんだけどな」

「私だってそうだよ。そうでなかったら、こんな苦労に我慢出来るわけないわ〜〜」

最後はふざけて演歌の節をつけながら、幸子はさりげなく左の手で夫の腰に触れた。まっすぐに妻の体温が伝わってくる。あの角を曲がると、もう駅前の商店街だ。

「ねぇ、これさ、お祖母ちゃんから聞いたんだけどさ」

郵便局を通り過ぎた時、幸子は語り始めた。

「あのさ、お義父《とう》さんがさ、座敷に手を入れさせてくれないかって言ったんだってさ」

「えっ、どういうこと」

「畳入れかえて、障子も替える。つまりさ、これからいろんなイベントがあるかもしれないから、あの家を使わせてくれってことよ」

忠紘は思わず〃あっ〃と声をたてた。なるほど幸子の企《たくら》んでいたのはこういうことだったのか。このあいだからしきりに房枝に向かって祖父母の家を誉めていた。

「あんな立派な旧《ふる》い家だったら、久美ちゃんも肩身が広いでしょうね」

「あの家を見ると、菊池の家って昔からの金持ちだってつくづく思いますよねぇ……」

根は単純な房枝だが、それほど見えすいた手に乗るとも思えなかった。しかしどうやら本気になったらしい。

「お祖父《じい》ちゃんはさ、もちろんいいって言ってんだよね。あの人、長男には反対出来ないっていうタイプだからさ。だけどさ、お祖母ちゃんがもちろん許すわけないよね」

「そうだろうなあ」

「私にさ、すっごく意地悪そうに嬉しそうに言うんだもん。この家は確かに広くて幾つも部屋はあるけど、房枝に貸すような部屋はひとつもないって。もしやってきたりしたら、結納の最中に這《は》って出てやって、長年の恨みごと言ってやるって」

幸子はアハハと笑ったが、忠紘は背筋が寒くなった。

こういうブラックジョークは、本人の口から聞くとそうでもないのだが、人の口を介すとそら怖しいものがある。

「お義父さんが言うにはさ、しばらく久美ちゃんを住まわせてもいいっていうんだって。しばらくお祖母ちゃんの看病しながら、勤めをさせようかって」

「あいつにそんなこと出来るわけないよ」

「あたり前だよ。たまにやってきてもさ、洗いものひとつするわけでもなく、つまんなそうな顔でテレビ見て帰ってくだけなんだもん。だいたいね、そんな気が少しでもあれば、もっと早く来て、おむつのひとつも替えろっていうのよ」

二人は「リカー・ショップ　キクチ」のビルの前に到着した。休日のためにシャッターがおりているが、晴着の女のポスターが早くも何枚も貼《は》られているので華やかな印象だ。

「お、お早よう」

隣りの本屋の主人が声をかける。

「今日は旦那《だんな》さんと一緒にお出かけかい」

「そんなに優雅な身の上じゃないってば」

幸子はこの商店街でも人気者なのである。

「お前さ、さっき久美子にケーキ渡してただろ」

「ああ、あれね、久美ちゃんがあちらの家へ行くのに、手づくりのケーキを持っていきたいって言うから私が焼いてあげたのよ」

上の子どもが幼稚園へ入ったのをきっかけに幸子は菓子をつくり始めた。今まで酒の肴《さかな》をつくらせたら天下一品だと忠紘は思っていたが、ケーキやクッキーも大層うまい。若い娘のように気負ったりすることなく、煮物をしている傍《そば》でアップルケーキを焼いたりもする。船橋に住んでいた頃は、バザーに出すと大変な人気であった。プロになればいいのにと皆に誉められ、幸子は得意そうだった。

しかし同居を始めて以来、幸子はあまり天火を使わなくなった。祖母の看病で忙しいのと、房枝の、

「まあ、まあ、まあ、こんなことをして」

という悲鳴がめんどうだったからである。

その房枝と久美子が、幸子にケーキを焼かせたことに忠紘は怒りをおぼえた。

「何考えてんだよ、久美子の奴《やつ》。帽子被って、手づくりのケーキ持ってきゃ、相手のお袋に気に入られると思ってやがんの。あいつ、『ヴァンサンカン』とか『クラッシィ』の読み過ぎじゃないのか」

商品を掲載してもらうことがあり、これらのお嬢さま雑誌は、常に忠紘が勤める売場に置いてあるのだ。

「まあ、まあ、気にしない。私のケーキでさ、久美ちゃんがお嬢ブリッ子出来ると思えば安いもんじゃないの」

「前からさ、思ってたんだけど、お前、この件に関しちゃやけに寛大なんだよな。最初の頃はさ、久美子に関してピイピイ文句言ってたけどさ」

「だってさ、すごくけなげじゃないの」

幸子は一瞬遠くを見るような目つきになる。

「女が一生に一度、好きな男と結婚したくて頑張《がんば》ってるんだから応援してやらなくっちゃ」

「何だか気味が悪いよなあ」

忠紘は首をひねった。あれほどミエっ張りと悪口を言っていた相手に、どうしてこれほど優しくなったのだろうか。

「お前のことだからさ、何か企んでいるような気がして仕方ないよ」

「人聞きの悪いこと言わないでったら」

幸子は夫の肩をぴしゃりと叩《たた》いた。

「なんていうかさ、敵に塩を送るっていうか、ケーキを送るっていうかさ、そんな気持ちがあるかもしれないね。あの料理オンチの二人が私にすり寄ってきて、ケーキ焼いてくれない、なんて言うのさ、かなり気分いいよ。だけど私、今日のフルーツケーキの上っかわに、私のイニシャル刻んどいたよ。S・Kって……。私ってやっぱり意地が悪いかね」


日曜日の夜は、人口密度が急激に上がった、といった感じになる。

普段だったら、子どもたちが寝た後に店から帰ってくる保文と房枝がいる。そして一緒に夕食をとる。これで久美子がいたら座る場所もないぐらいであるが、幸いなことに最近は毎週末デートに出かけてくれる。

その日忠紘が家に辿《たど》りついた時、テーブルの上には鍋《なべ》の残骸《ざんがい》があった。

「今日はお義父さんとお義母《かあ》さんもいるから先に始めちゃったわよ。あんたの分はちゃんと取ってあるからさ、今、火をつけてあげる」

というものの、一人で寄せ鍋をつつくというのも億劫《おっくう》な気分だ。それにテレビを見ていた洋と美奈がチャンネル争いの喧嘩《けんか》を始めた。持っていたリモコンで、洋に頭をたたかれ美奈はわっと泣き出す。

いつもの光景であるが、房枝が露骨に嫌な顔をしている。もうじき嫌みのひとつも出そうだ。

「おい、どこか行くか」

さんざん手擦れた朝刊を眺《なが》めていた保文が声をかけた。スーツ姿で所在なさ気な息子の姿を、見るに見かねた、といった感じだったので忠紘も素直に答えた。

「ああ、いいよ」

保文がこんな風に自分から誘うのは珍しいことだ。いや、珍しいどころか、何度あるかというほどだ。昔、就職が決まった時、そして幸子との結婚を許してもらおうと必死だった頃、保文を近くの飲み屋に誘ったことがある。

「だけど日曜だぜ、やってるところあるかな」

「駅前に定食屋にケの生えたようなところがあるがな、あそこなら日曜日も遅くまでやってるよ」

どうやら保文の行きつけのひとつらしい。忠紘はそのまま一緒に出かけることにした。

「やだ、ご飯いらないの？　いませっかくタラを切ったとこなのに」

幸子が台所から口をとがらせてこちらを見る。

「悪いけどいいや、親父《おやじ》とちょっと出かけるから」

「へえー」

幸子はさまざまな思いを込めて発音する。珍しいこともあるわね。どういう風の吹きまわし？　そうよ、たまには父子仲よくしなきゃ。だけどお義父さんと何を話すのよ。一緒にお酒飲んで楽しいかねぇ、の「へえー」である。

脱いだばかりのコートを再び着て外に出た。師走《しわす》の風は空腹の身にいささかこたえる。

「タクシーで行くか」

「いいよ、いいよ。駅まですぐだよ。近過ぎて運転手がやな顔するよ」

「こっちの方向はみんな駅に向かってんだから構わないさ。あ、来た」

すかさず保文は手を上げた。

二人きりで飲むというのが非常に珍しい親子だ。

就職してすぐ博多《はかた》に転勤が決まった頃、いきつけのスナックへ連れていってくれたことがある。

「お前、何だったら九州で嫁さんを見つけてきてもいいんだぜ。あっちの女はしっかり者で、亭主に尽くすというからなア……」

酔った保文はそんな冗談とも本気ともつかぬことを言い、ヒッヒッと笑ったものだ。それがかなり変わったかたちで現実のものとなった後、保文は沈黙の人となった。

妻の側について忠紘夫婦を責めるわけでもないが、そうかといって二人を積極的に応援してくれるわけでもない。常に房枝の陰にいて、妻に嘆かれながらも、息子に恨まれぬよう余計なことをしない、言わないというのが彼のやり方である。

「仕方ないよ。男親っていうのはそういうもんなんじゃないの」

と幸子が言ったことがあるが、忠紘は釈然としない。

「もっとはっきりしてくれよ。親父はこの家の家長なんだろ」

と叫びたいことがある。

そもそも自分の母親のめんどうを、妻がいっさい拒否するというのも、保文の年代としては異例なことであろう。それについてとことん議論するわけでも、もちろん喧嘩をするわけでもない。彼が行なった解決策というのは、自分ひとりが老母の看病をすることだったのだ。

父親のそうした臆病《おくびょう》さ、ことなかれ主義というのは、忠紘をいつも苛立《いらだ》たせる。

「あんたと性格がよく似てるよ」

幸子の言葉は嘘《うそ》だと思う。自分ははるかに男らしく、勇気があると忠紘は信じている。これは両親の性格にあまり見られないものなのであるが、忠紘は時々こらえきれずに爆発を起こすことがある。それまでは耐えに耐えて、何とか穏当な方法をとろうと思うのであるが、それが受け容《い》れられないとなると、突然何かが起こる。幸子に言わせると、人相がみるみる間に変わっていき、声のトーンが上がるそうだ。

といってもそれほどの怒りは、この数年来訪れていない。両親とのさまざまな軋轢《あつれき》と苦労が、自分を大人にしたのではないかと思っている。

そうでなかったら、こんな風に父親とビールを飲んだり出来るものではない。言いたいことは山のようにあるのに、

「このままビールでいい？　それとも日本酒をお燗《かん》でもらおうか」

などと優しく声をかける自分を老獪《ろうかい》な奴だと思う。「ローカイ」？　それはどんな漢字を書くのだろうか。老いる、という文字だけをぼんやりと憶《おぼ》えている。

「お前まだ夕飯を食べてないんだろう。何か頼めよ」

保文に言われるまでもなく、豚肉のショウガ焼きとおひたしを頼んだ。カウンター

とテーブルが三つあるだけの小さな店である。「定食屋にケの生えたような」と保文は形容していたが確かにそのとおりだ。「キンピラ」「里芋の煮つけ」と書かれた短冊《たんざく》が壁に貼られていた。

サラリーマンらしいセーター姿の男が、湯豆腐をつつきながらビールを飲んでいる。日曜日のこんな時間、ひとりで食事を摂《と》るというのはどういう境遇なのだろうか。単身赴任なのか、それとも妻子が留守なのか、ひょっとするといま流行の第二の独身生活というやつなのだろうか。

「おい、どうしたんだ、温かいうちに食えよ」

保文に声をかけられるまで、ずっと男を見ていたらしい。

「菊池さん、今日は市場がないからお刺身あんまりよくないの。マグロのブツ切りでいいかしら」

どうやら保文はこの店の常連らしい。元宝塚《たからづか》にいたのではないかと思われるような、年の頃なら五十四、五、目鼻立ちのはっきりした美人のおかみが親し気に声をかける。

「あと、いつもの塩辛があるけど……」

「お、いいね。じゃ、こいつにもやってくれ」

柚子《ゆず》の皮をたっぷりまぶした塩辛が運ばれてきた。

「これはママの手づくりなんだ。イカを選ぶところから自分でするんだそうだから、ちょっと瓶詰《びんづ》めの味とは違うよな」

保文がいっぱしの口をきくことに忠紘は驚かされる。あの口が曲がるほど不味《まず》い、母親の料理によく耐えているものだとずっと感心していたのであるが、密《ひそ》かにこうしたところで舌を慰めていたようだ。

ひと箸《はし》口に入れた。やわらかいイカの臓物の味がしたが、幸子のつくるものにはかなわない。博多の街に生まれ、しかも料亭の娘として育った彼女はこういう海の料理をさせたら天下一品なのだ。一晩かかってつくる塩辛は、うまみが昂《たか》まった甘みさえある。

「ねぇ、幸子ってよくやってるよね」

ぽろりとそんな言葉が出た。

「お袋はまだいろいろ言ってるみたいだけど、子どもを二人育てながらお祖母《ばあ》ちゃんのめんどうみて、料理もみんなのものをつくる。こんなこと、ちょっと出来ることじゃないよね」

「ああ、そうだ、幸子さんは本当によくやってくれてる。俺《おれ》はな、感謝してもしたりないぐらいだ」

　保文があまりにも素直に頷いたので、忠紘はちょっと居心地が悪い。

「俺はなぁ、いろいろ考えたんだけど、ちょっと幸子さんに甘え過ぎていたかもしれんな」

「本当にそう思う？」

「ああ……」

　保文は頷き、照れ隠しのためか塩辛に手を伸ばした。

「だいたい、孫嫁が祖母さんの看病をするなんていう話、聞いたことがない」

「そうだよ」

「幸子さんはいま、子育てでいちばん大変な時だ。それをああして幼稚園に預けて、祖母さんのところへ通ってるんだから、なかなか出来ることじゃないさ。そんなことわかってる。弥生だって感心してるよ」

　叔母の名前を出されたとたん、忠紘の鼻の奥がつうんと痛くなった。二杯のビールで早くも酔いがまわったのだろうか、久しぶりに父親に甘えた声が出た。

「あのさぁ、こっちに来ることについちゃ、幸子も悩んだと思うよ。すごく嫌だったと思うよ。だけどあいつは本当にやさしい人間だから、病人の年寄りを見捨てることが出来なかったんだよ」

「うん、うん」

「母さんはあんな人だろ、あいつ、こっちに来てからそりゃあ口惜《くや》しい思いしたはずだけどさ、そういう愚痴、いっさい言ったことないもん」

それは嘘というものであるが、こうしてなめらかになった舌にのせると、このうえない真実という感じがした。

「あいつさ、本当によくやってるよね。僕、幸子を見てるとさ、この頃つらくなるよ。何もここまで頑張らなくてもいいって思うもんね」

「うん、うん」

そうだ、今しかないと忠紘は思った。以前から幸子にせっつかれていることを話してみよう。もはやあの狭い家で同居するのには限界がある。アパートを借りるについて、菊池家から援助をしてくれないだろうか。それは幸子をリカー・ショップ　キクチの店員ということにしてくれれば万事解決する。税金対策にもなるだろうし、払う方も貰《もら》う方も違和感がないだろう。

しかし、忠紘が口を開く前に保文が意外なことを言った。

「お前たち、もう戻ったらどうだ」

「えっ？　どこへ」

「船橋だよ、お前たちの家があるところだ」

保文は一瞬目をそらして「枡酒《ますざけ》あります」という短冊を眺めた。

「お前たちもこの家に来てもう八カ月になる。おそらく短期決戦のつもりだったろうが、どうやら長期戦になりそうだ。ここはもういっぺんいちから考え直さなきゃいかんと俺は思っている」

忠紘は驚いて父親の顔を見た。同居して初めて聞く、建設的でまともな声である。

「このあいだ弥生ともよく話し合ったんだが、やっぱりお祖母ちゃんのめんどうは、子どもの代でやらなきゃいけないんだ」

「そんなこと言ったって、いったい誰がやるんだよ。お袋はまるっきり近づかないし、弥生叔母さんだって毎日来るわけじゃない。幸子がいなくなっちゃったらどうするんだよ」

「うん、そのことだが」

保文はふっと息子から目をそらした。

「うちは長男でいちばんの責任がある。だから労力を出してない分、誰かを頼むことにした。つき添いの人にお願いすることになるだろう。あとは弥生が手伝ってくれることになっている」

「随分話が進んでるんだね」

忠紘はつい皮肉っぽくなる。忠紘たちにとっては朗報ということになるだろうが、それにしても自分たちだけで決めることはない。やはり忠紘夫婦を混じえて話をするべきだったのではないだろうか。

「だからお前たち、船橋のマンションに帰ってもいいぞ。いずれれちゃんとするつもりだが、とりあえず礼だけ言っておく」

「よしてよ……。親子の間でお礼なんておかしいじゃないか」

「いや、お前には本当に世話になった。長いことお祖母ちゃんの看病をありがとう」

「そういうことは幸子に言ってよ」

照れたため唇《くちびる》がとがるようになる。

「あいつ、この半年間本当によくやったもん。お祖母ちゃんもさ、この頃は幸子のこと相談相手にしているみたいだもんなぁ。弥生叔母さんが行く時より、お祖母ちゃん、本当に嬉《うれ》しそうだもん」

「そりゃあ、幸子さんには迷惑のかけっぱなしだ。あんな狭いうちの中で、母さんとも何とかうまくやっていて、毎晩食事の世話をしてくれているんだからな。だけど俺も考えた。幸子さんに報いるためにも、お前、この正月を船橋で過ごせよ」

「ということは、僕たち暮れのうちに追い出されちゃうわけ」

「追い出されちゃうなんていうのは、よっぽどその場所が気に入っている人間の言うことさ。そんな言葉使うんじゃないよ」

「そりゃあ、そうかもしれないけど……」

忠紘はまだ父の言葉が信じられない。どうしてこんなに急に、自分たちを引越しさせようとするのだろうか。

「何か企《たくら》んでるんじゃないのオ」

「企むって何だよ」

保文が突然怒り出した。

「余計なこと考えるもんじゃない。親の好意は素直にうけろってんだ」

保文はいっきにビールをあおった。

「本当に僕たち、船橋に帰ってもいいわけ」

夜道を歩きながら、忠紘はもう一度尋ねた。

「お祖母ちゃんは本当に幸子のことを可愛《かわい》がってたから、きっと淋《さび》しがるんじゃないかなぁ。がっかりするような気がするよ」

「だったらたまに遊びに来ればいいさ」

保文はいつになくきっぱりとした口調だ。

「幸子さんの優しさに甘えてたから、ずるずると八カ月もこんなことになってしまったんだ。幸子さんにはいろいろ迷惑もかけたし、腹が立つこともあったろうさ。でも幸子さんがいなくなれば、皆も考えを改める。ちゃんと始めるさ」

忠紘は父親の横顔を見つめる。自分の父親がこれほどまっとうな人物だとは今まで思ってもみなかった。

幸子にもよく言う。

「親父っていうのは、まるっきり勤めた経験がないだろ。そうかといって自分で苦労して商売を始めたわけじゃない。親がやっていたことをずるずる継いだような格好だからさ、社会人としてどっか抜けてるところがあるんだよなぁ。僕たちへの態度見てて、やっぱりおかしいだろ」

しかし今夜の保文は、どこから見ても立派な、非のうちどころのない父親である。

忠紘はまだしばらく父といたいと思う。

「親父、カラオケにでも寄ってこうか」

「いや、やめておこう。もう遅い。お前だって明日の勤めがあるだろ」

「そうだね」

　初冬の夜の寒さが、じわじわと足元から伝わってくる。しかしタクシーは見つからない。さっき駅前で客待ちの車をつかまえればよかったのだが、酔いの心地よさも手伝って、つい歩いて帰ろうと提案したのは忠紘だった。

「考えてみるとさ、あんな狭いうちに僕たち四人がころがり込んで、ちゃんと暮らせていけたの不思議だったよなぁ」

　いつのまにか過去形になっている。

「そりゃ、母さんもそれなりに気を使ってたさ。ストレスもたまってたと思うよ」

「そうかなあ」

「そうさ。あれであの人は、結構気が小さいし、優しいところもあるんだ。それなりに悩んでるし、苦労もしてる……。どうしたんだ、おかしな笑い方して」

「いやあ、やっぱり夫婦だなあと思って」

　忠紘は、呆《あき》れながらも、心のどこかで感動していた。

「親父が母さんのことをそんな風に見てたなんて知らなかったよ。だから夫婦なんて何十年もやってけるんだろうね。人とは違う見解を持ってもさ、自分ひとりだけは味方になっちゃうんだね」

「ふん、それはお前も同じさ」

保文は苦笑いしている。

歯科医院の角を曲がった後、二人は少し近道をした。空家になっている塀《へい》に沿って駐車場を抜けると、菊池家の前に出るのだ。

塀と駐車場との間の路地には、大きな楠《くす》の木がある。その陰に一台のマークⅡが止まっていた。駐車しているにしては、細い路地のつきあたりだ。目を凝らすと、もつれ合う二人の影が見える。どうやら深夜で人通りがないことをいいことにカップルがいちゃついているらしい。

「見てみィ」

今夜芽ばえた男同士の連帯から、忠紘は父の肘《ひじ》をつついて教えてやった。

「何だか大胆なお二人さんだねぇ」

「ああ」

保文は大きな声をあげる。

「あの車は渡辺先生の車じゃないか。そうだ、乗ってんのは先生と久美子だ」

「えー、何だって」

まずいところにき合わせたと思う。シルエットからして、二人は激しいキスをかわしているらしいのだ。こんなところを父と兄に見られたら、久美子は羞恥《しゅうち》のあまり泣き出すか、怒り出すに違いない。

忠紘も父親の顔を見られなかった。そうかといって車の方を眺《なが》めるわけにもいかず、あわてうつむく。こうするしか他ない。

「ちょうどよかった」

しかし思いもかけない保文の明るい声である。

「お前、ちょっと先生に挨拶《あいさつ》してくれよ。このあいだちらっと会っただけだろ。この際、きちんとお礼を言ってくれよ」

「お礼って何だよ」

思わず父親を睨《にら》みつけていた。

「僕がなんで妹と乳繰り合ってる男にお礼言わなきゃいけないんだよ」

「いや、その、いつも久美子がお世話になってるお礼だよ」

「いいかい、ちょっと考えてくれよ」

忠紘は低いどすのきいた声を出す。さっきまでこんな父親に甘えていた自分が恥ずかしい。

「僕はさ、女郎屋の息子じゃないんだぜ。なんでさ、こんな時に挨拶しなきゃいけないんだ。妹をたっぷり可愛がってくれてありがとうございます、ってか。全く冗談じゃないよ」

言葉を出せば出すほど空《むな》しさと怒りがこみ上げてくる。そしてやっぱりこの家を早く出ていこうと決心していた。前から感じていたが、父も母もどこかおかしい。妹の縁談でさらに拍車がかかっているようだ。

「いいかげんにしてよ。僕は悲しいよ。本当に悲しいよ」


来た時と同じような、慌《あわ》ただしい引越しを忠紘一家は済ませた。

保文の言葉を告げた時、幸子はそう驚かなかった。

「何だか裏にありそうな気がするけど、今はもう考えるのが疲れちゃった」

淋しそうな笑顔になるから、忠紘の方が不安になる。

「お前、やっぱりこの家にいるの、大変だったんだな、つらかったんだな」

「大変じゃないわけないでしょう。全くさ、聞くも涙、語るも涙の物語を八カ月も続けたんだから。でもね、私はマゾっ気と意地で耐えてきたけど、うちのチビたちが可《か》哀想《わいそう》だったよね。こんなとこに長くいるとひねくれてしまうかもしれないと心配だよ、わたしゃ」

最後はやっと幸子らしくなってきた。

「あっちは何か考えてるに決まってるけど、もうめんどうくさいし、せっかくそう言ってくれるんなら素直にこの家を出ていこうよ。私たち精いっぱいのことしたんだから、胸を張って出ていこうよ」

「お祖母ちゃんに何て言うつもりだよ」

「あの人はわかってくれてるよ。一緒にこの家に住んでくれって言ったかと思うと、早く船橋へ帰れって私に強く言うもん。年寄りのことは、いざとなればどうにかなってしまうものなんだって。そのどうにかなることのために、私たちが犠牲になることないってよく言うもん」

幸子の翻訳がかなり入っているにしても、いかにも祖母の言いそうなことだと思った。昔のインテリ女性で、かつお嬢さまであった淑子は、房枝よりもはるかに聡明《そうめい》だ。明治生まれの凜《りん》とした理が、澄明《ちょうめい》で小気味よい言葉をつくり出す時がある。

「私さ、お祖母ちゃんと離れたくはないけどね、私がいることで弥生叔母さんがちょっとむくれてるところがあるからねぇ。私がいなくなれば叔母さんはもっと看病を熱心にすると思うよ。だって本物の母子だもんねぇ……」

そして幸子は大きく頷いた。

「やっぱり帰ろう。今がいちばんいいチャンスかもしれない。今船橋に戻れば、洋も来年は皆と一緒に進級出来るしね」

そして一家は再び船橋のマンションへ戻ったのだ。ここで幸子は凱旋《がいせん》将軍のように、まわりの主婦たちから迎えられたという。

「幸子さん、よく帰ってきてくれたわね、淋しかったわ、って皆すがりつかんばかりになっちゃって」

得意そうに鼻の穴をふくらませた。

「私の事情知ってる人もいるからさ、あんな鬼姑《おにしゅうとめ》のところへ行ってよくぞ生還してくれました、なんてさ、昼間っからビールで乾杯さ。やっぱりここはいいよねぇ……」

きりがいいところでと急いだおかげで、忠紘一家は正月を船橋のマンションで過ごすことが出来た。幸子はおせちづくりの疲れだと、コタツにずっと寝そべっていたが、その様子はいかにも安堵《あんど》に溢《あふ》れていた。

あの家でものびのびと振るまっているように見えても、さぞかし神経を擦り減らしていたのだろうと忠紘はあらためてすまなかったと思う。

二日の午後からは両親の家へ行き、洋と美奈はたっぷりのお年玉を貰った。幸子が報告するには通常の三倍の金額だという。

「親父《おやじ》とお袋にしちゃ、えらくふんぱつしてくれたもんだね。いつかお礼をするって言ってたけどこのことなんだろうか」

「冗談じゃないよ、この幸子さんに何にもないじゃないの。全くあんたの親ってさ、たまに優しいことをするにしても、血の繋《つな》がった者にしかしないんだから全くやんなっちゃうよ」

そんな憎まれ口が出るようになったからもう安心というものだろう。

正月の四日、忠紘が新作のCDを聞いていると電話が鳴った。わずかの間に下腹と顎《あご》に肉がついたと嘆く幸子が、大儀そうに立ち上がって受話器を取った。

「あら、あらら、やだー」

女学生のような笑い声をたてるところをみると親しい友人からなのだろう。

「カワグチさんよ、ほら、カワグチさんだってば」

受話器をいったん自分の胸にあてて説明してくれるのだが、誰のことなのか少しも見当がつかない。

「あんたも挨拶する？　どう」

いいよ、いいよとあわてて手を振った。幸子はその後しばらく熱心に話し込み、それは忠紘がアルバムを全部聞き終わるまで続いた。

「やあねぇ、カワグチさんよ。ほら、ほら、ユウ君のママじゃない。よおく子どもを預かってもらってたのよ」

受話器を置いた幸子は一瞬不満そうに夫を見たが、すぐに口元が崩れた。

「あのさ、今の電話で私、叱《しか》られちゃったよ。どうして黙って引越したの、だって。私、黙ってたわけじゃないけど、暮れに急に決まったことだからって言ったのよ。そしたらね、あの町で皆が淋しがっててさ、送別会をやってくれるんだってさ」

「へぇ……」

二十歳近く年の違う若い母親たちをすっかり手なずけていた幸子である。そんなことがあっても不思議ではない。

「だからさ、近いうちにまたあそこに帰ろうと思うのよ。お正月に会ったけど、お祖母《ばあ》ちゃんの顔を見たいしさ」

奇妙なことに幸子はその時「帰る」という言葉を使ったのである。

送別会にはぜひご主人を、と言われたが忠紘はもちろん断った。幸子を囲むグループは若い母親が多く、忠紘は落ち着かない気分になるのだ。

彼女たちはたいてい、忠紘と幸子の結びつきに異様な興味を示す。そしてしつこく聞き出した結果、最後はわざとらしいほど大きなため息を漏らすのだ。

「本当にドラマみたいな大恋愛よねぇ……。私なんか主人とありきたりの職場結婚だったから本当につまらないわ。できたらもう一回夢のような大恋愛したいって思うのは、やっぱりいけないことかしらん。主婦ですもんねぇ……」

うまくいえないが、忠紘は最近そうしたオトメ言葉につき合うのが大層疲れる。幸子はもちろん房枝にしても、余計な修飾をいっさい省いたストレートな言葉で喋《しゃべ》る。そうした女たちに慣れてしまったせいか、忠紘はヘアバンドをしたり、髪をゆるくひとつに結び、

「今からでも恋をしたいの……」

などとつぶやく主婦たちがどうも苦手だ。まだ若く綺麗《きれい》なだけにへんな生々しさがある。

「それはさ、あんたの浮気心が刺激されるからだよ」

幸子はからかうように言いながらも、鋭く探りを入れるような目をする。とにかくへんな勘ぐりをされないためにも、あの集まりに近づかない方が賢明というものだ。

しかし送別会には出ない替わりに、迎えに行ってやってもよいと幸子に言った。その日はちょっとした接待があり新宿まで出る。相手は金沢から上京してきた染職作家

の老人だから、早めにホテルへ帰るだろう。

食事が終わるのが八時頃だから、町には九時過ぎに着く。ちょうど幸子たちの会の二次会も終わる頃だ。ちょっと二人で飲んで帰るのもいい。

「お前たちも家庭の奥さんたちばっかりだから、それ以上は遅くならないだろう。だったら『ドンキー』で待ち合わせて二人で帰ろう。遅くなってから一人で船橋まで帰るのはあぶないよ。夜中になってしまう」

「わっ、どうしたの、やさしいじゃん」

幸子は顔をくしゃくしゃにほころばせた。こうした時には手ばなしに喜ぶ女だ。

「珍しいじゃん、迎えに来てくれるなんて。久しぶりにデートだね。忠ちゃん、だあい好き」

いきなり肩に手をまわして抱きついてきた。背の高い忠紘にとびつくために、小柄《こがら》な幸子はかなりジャンプしなければならない。しかし、えーいと飛び上がってみても、指は空しく肩のあたりをかするだけだ。

「あ、痛ッ、お前なんだかこの頃急に重たくなったんじゃないか」

忠紘は叫んで、思いきり蹴《け》とばされた。

ドンキーに着いた時、九時半をまわっていた。久子は一月らしく和服を着ていた。そう高いものではないらしいが、梅の小紋がいつになくしっとりとした女らしさをかもし出していた。

「あら、いらっしゃい」

営業用の笑顔ではない証《あかし》に、奥の銀歯まで見えるほど口を大きく開ける。

「電話しようと思ってたのよ。知らない間にこの町に来て、また知らない間に出てくなんてひどいじゃないの。お正月には小学校のクラス会もあったのよ。忠紘ちゃんは当然出ると思ってたら、引越したってお父さんが言っていたからびっくりしちゃった……。今日はうちに帰ってたの」

「いや、実家には寄る時間がなかった。正月に来たばっかりだからいいさ」

「じゃ、お祖母ちゃんのとこだ」

「違うよ、そんなんじゃない」

久子がこんなことまで尋ねるとは、家の事情は町の多くの人たちが知っているのだろうと忠紘は見当をつけた。

「うちの女房の送別会があってさ、迎えに来たんだ」

「ま、そりゃそりゃ」

離婚した女にありがちな、皮肉っぽい微笑だ。

「こんな時、子どもはどうしてんの」

「船橋のマンションにも、あいつの子分みたいなのがいて、頼んどくとごはん食べさせてくれて寝つくまでいてくれる。安上がりなおばさんベビーシッターってとこかね」

「おたくの奥さんは本当に面白くて人気があるもんね。ここに来る人の中にも奥さんの噂《うわさ》する人多いわよ。とっても楽しくて素敵な人だってみんな言ってる。言っちゃナンだけど、忠紘ちゃんの噂なんかまるで出ないけどさ」

「まいったなぁ」

頭に手をやるが、そう悪い気分でもない。

「ま、いいや、銀座のバーで言われたならともかく、こんな田舎のちんけなスナックで、何を言われても構わないさ」

「ま、嫌な感じ……」

そのうち後ろのボックスにいたサラリーマンらしき四人連れが立ち上がり、店は二人きりになった。

「ここも不景気の余波で危ないんじゃないか。客が僕一人だけかぁ」

「ふん、夕方からはとっても混《こ》んでたんですよおだ。余計なお世話ですよオ」

久子は軽く赤んべーをしてみせたが、その顔が十歳の時とまるで変わっていないことに忠紘は驚く。女は赤んべーをする時に地の顔が出るのかもしれない。

「それはそうと妹さん、結婚おめでとうございます」

急にあらたまって頭を下げた。

「そんな、まだはっきりとは決まってないよ」

「あら、だってこのあいだ結納をしたでしょう」

「結納って、それ誰かの間違いじゃないのかなあ」

「いいえ、おたくのお父さんがそう言ったわ」

「うちの親父が本当にそう言ったの」

「そうよ、おたくのお父さんよ」

久子は大きく頷いた。

「親父が誰かの話をしてたのを錯覚したんじゃないか」

「失礼しちゃう。客商売しててそんなミスするはずないじゃないの。あの時、お父さんかなり酔っぱらってここに来て、すごく嬉《うれ》しそうだったもん。えーと、ちょっと待ってて」

久子は壁にかけてある洋酒メーカーの名が入ったカレンダーを眺《なが》める。

「この〝友引き〟の日曜日の次の日、そう十二日の月曜日にここで言ったんだもん。昨日は娘の結納だったって。よかった、よかったって……、あら」

ここで久子は、すべてを察した。目の前の忠紘の顔がみるみる間に青ざめていったからだ。

「まさか……、忠紘ちゃんが何も知らないってことはありえないよねぇ……。だって妹さんの結納だもんね」

「うるさい」

「お、こわ。私を睨《にら》まないでよ。私は関係ないもん。でも、私、ちょっとまずいこと言っちゃったかなぁ」

「いや、知らせてくれてよかった」

低い嫌な声が出た。頭の中で何か白いものがみるみる間にふくれて、それがぱちんとはじけた音がした。

「久ちゃん」

忠紘は言った。

「悪いけど、うちの奴とここで待ち合わせしてんだ。もし来たら僕が帰ってくるまで待っててくれるように言ってくれるかい。閉店までには戻るようにするから」

「そりゃあいいけど……」

久子はすっかりおびえた目をしている。喉《のど》からはかすれた哀願するような声が出た。

「あのさ、お父さんとごたごた起こさないでよ。私が原因みたいじゃない。おたくのお父さん、うちの常連だし、いい人だしィ……」

「久ちゃんが教えてくれなくたって、いずれはわかることさ。それを黙っていようっていう神経が信じられないんだよ」

スツールから腰を浮かせながら、忠紘は思わずつぶやいた。久子を前にしているから彼女に喋りかけたようなかたちになる。それでもいい、誰かに言わずにはいられない。

「あのさ、うちの奴を連れていって一緒に抗議しようかと思ったけど、やっぱりやめとくよ。あいつがみじめで可哀想だもんな。僕だけが闘うよ。今夜こそ徹底的にやるよ」

店を出ると駅に行くまでもなく、向こうからタクシーが近づいてきた。戦う男にふさわしく黄色に塗られた上に、市松の模様まである。忠紘は叫んだ。

「近くて悪いけど、出来るだけ早く」

五分で家の前に立っていた。一回も指を離すことなく、ブザーを押し続けた。房枝のいちばん嫌《きら》う鳴らし方だということにずっと後から気づいた。

「どなたですかッ」

恐怖と猜疑心《さいぎしん》をこり固めたら、こんな声が出るだろうという房枝の声だ。せめてドアのところまで来てミラーを覗《のぞ》けと忠紘は怒鳴りたくなる。そうすれば息子の姿が見えるはずだ。

ややあって房枝はそうしたらしく、チェーンをはずす音がした。ドアが開かれた。髪に王冠のようにカーラーを巻いている。逆光を浴びて、ガウン姿の房枝は魔女のように両手を広げた。もちろん息子を抱き締めるためではなく、雪が降っていないか確かめるために外気に触れたのだ。

「天気予報はずれたわね」

呑気《のんき》なことを言っている。

「来るなら来るで、一本電話をくれればいいじゃないの。今夜は早めに寝ようと思っていたのに」

仏頂面《ぶっちょうづら》をする母親を本当に憎いと思う。全くあれだけのことをしておきながら、どうしてこれほどどふてぶてしくなれるのだろうか。

「何時に来たっていいだろ、妹の結納の祝いを言いに来て悪いかよ」

忠紘は最後の救いを母親の表情に求めた。この期《ご》に及んでも房枝がきょとんとした顔をし、

「何、それ」

と言ってくれることを望んでいるのだ。

しかし反射的に房枝の唇《くちびる》は軽く開いた。舌うちの音が聞こえてきそうだ。狼狽《ろうばい》ほど六十近いこの女を醜くするものはなかった。

「ああ、あれね」

うまく取り繕おうと舌がもつれる。

「急に決まったことだからね、あなたに知らせる暇がなくってね……」

「嘘《うそ》言うんじゃないよ！」

忠紘は今までの人生で、これほどの大声を出したことがなかった。

「全部計画済みだったんじゃないか。おかしい、おかしい、って思ってたんだ。今までさんざん僕たちにお祖母ちゃんの看病押しつけといてさ、急に千葉へ帰れ、なんてさ。何かあると思ってたけどこういうことかよ。久美子の結納の時に、僕たち夫婦がこの家に居るのがそんなに邪魔だったのかよ」

「忠紘ちゃん、あ、あなたお酒飲んでるでしょう」

房枝の声が震えている。

「酒屋の息子が酒を飲んで何が悪いんだよ。さっきスナックで水割り一杯飲んだだけだよ」

「あなたねぇ、言い方がまるで、暴力団の人のようよ。い、いつもの忠紘ちゃんじゃないわ」

「そりゃそうだよ。僕は本当に怒ってんだよ」

「あ、暴れちゃ、嫌よ」

馬鹿《ばか》々々しさのあまり、忠紘はふっと苦笑してしまった。

「大丈夫ってば。今さら家庭内暴力やるような年じゃないってば。だけど昔そういうことを一度でもしてれば、こんなおかしな親子関係にはならなかったんだよ」

「お兄ちゃん……」

気がつくと階段下に久美子が立っていた。白いもこもことしたカーディガンをパジャマの上から羽織って、とても幼く見える。

「お母さんを怒鳴るのやめてよ。私が言い出したことなんだから」

お、こいつ居直っているなと忠紘は体の向きを変えた。引越しを決めたきっかけになった、車の中でのペッティング姿をふと思い出した。

「へえー、そんなに僕たちが邪魔だったかよ。そんなに兄夫婦を見られるの、恥ずかしかったのかよ」

「お兄ちゃんだってわかってるでしょう。お兄ちゃんたち、年が違い過ぎる。四つ、五つっていうのはよく聞くけど、十二歳なんて聞いたことないわよ」

「それがどうしたんだよ。僕たち夫婦のことで文句は言わせないぞ」

「結婚ってさあ、本人だけのことじゃないでしょう」

久美子は声を張り上げた。驚いたことに目から涙がぽろぽろとこぼれ落ちる。

「お兄ちゃんも薄々気づいてると思うけど、私の結婚、あっちの両親から反対されたわ。うちは酒屋だし、お父さんは大学出てないし、家は小さい。だけどさ、いちばんの原因はね、私が年上ってことなの。たった二つよ。それでもねちねち言われてやっと結納までこぎつけた。そこにお兄ちゃんたちがいたらどう思う？　久美子さんちって、血統的に女の方が年上なんて言われたら、私、つらいよ、困るよ」

「この大馬鹿やろう」

忠紘の右手が自然に動いて、やわらかいものをうった。久美子は頬《ほお》を押さえてしゃがみ込む。

「あんた、嫁入り前の娘に何するんですか」

房枝が獣じみた動作で久美子を庇《かば》った。

「女房に目がくらんでんのわかってるけど、妹の言い分に耳を貸す余裕もないのッ」

「聞いたよ、十分聞いたけど情けなくって泣きたくなるよ。前々からくだらない最低の女だと思ってたけど、ここまで性根が腐ってるとは思わなかったよ。お前な、そんな人間として恥ずかしいことばっかして、それほどまでしてエリートと結婚したいか」

「お兄ちゃんにそんなこと言われる憶《おぼ》えはないわよ」

左の指の間から、久美子の白い目がこちらを見ている。

「何よ、自分は勝手な結婚して、それで済むと思ってんだから。私たち家族がさ、そのおかげでどんな思いをしたか知ってる。そりゃあお兄ちゃんは幸せかもしれないけど、そのために家族が犠牲になるなんておかしいわよ」

「わかったよ……」

奇妙なことに妹を殴ったことでとても冷静になっている。

「お前たちがそんなことを考えてたなら、僕の気持ちは決まったよ。なあ、みんな、幸子が可哀想《かわいそう》だとは思わないかよ。あんなに一生懸命やってる気のいい女を、家族だとまだ思えないんなら、もう僕は何も言うことはないよ」

いま房枝と久美子の顔に浮かんでいるものが、おびえやせつなさだったら、忠紘は二人を許そうと思った。しかしそのどちらでもない。彼女たちの唇の両端をかすかに上げているものは、あきらかに嘲《あざけ》りの強さだ。

「本当にいつも女房の肩を持つんだから」

その唇は語っている。忠紘は覚悟を決めた。

「もう僕はこの家を出てくよ。もう二度と帰ってこない。十年前はなんとか幸子のことを認めてもらおうと思って頑張《がんば》ったけど、もうそんな無駄《むだ》なことはしないよ。もう親子の縁も」

久美子の方を見た。

「兄妹の縁も切るよ。もう僕っていう人間はいないもんだと思ってくれよ」

「そんなこと出来るはずないでしょう」

房枝がニヤリと笑った。この微笑に記憶がある。忠紘が中学生の頃、ひとりで北海道へ旅行したいと言った時、房枝はこんな風に優しく歌うように言ったものだ。

「そんなこと出来るはずないでしょう。忠紘ちゃんには無理なのよ」

「いや、出来るよ」

三十四歳になった忠紘は叫んだ。

「僕が決心したんだ。だからそうする。もう僕には何の連絡もしないでくれよ。僕からもしない」

ふと気配を感じて後ろを振り返ると、居間と浴室とのドアが開いて保文が立っていた。湯に入っている途中慌《あわ》てて飛び出してきたらしく、ラクダの下着姿だ。茶饅頭《ちゃまんじゅう》のような頭から湯気が立って、薄い髪がべったりと張りついている。

「お前、馬鹿なことを言うもんじゃない」

声も湯気にくもっているようだ。

「家族なんてものは、そんなに簡単に切ったり離れたり出来るもんじゃない」

「切ったのはそっちだよ」

忠紘は父親の目を見ずに答えた。

「こんな卑怯《ひきょう》な家族なら誰だって切るよ」

またドンキーの前に立った。中からカラオケの声が流れてくる。見知らぬ女の声で、忠紘の知らない歌を歌っている。ロックのような節まわしといい、英語混じりの歌詞といい、歌っているのは若い女だろう。

「あら、早かったわね。二次会さっき終わったとこ」

カウンターのいちばん入り口近くに座っていた幸子がすばやく忠紘を見つけた。酔いと歌のために頬が紅潮している。

「ヨシダさんよ」

隣りの女を紹介した。丸顔の髪をゆるくアップにした女だ。レモンイエローのセーターが若々しい。

「それから歌ってるのがカワグチさん。ユウ君のママよ。ね、知ってるでしょう。運動会の時に一緒だったもんね」

カワグチさんは立って歌いながら頭を下げた。そうしながらも振り上げた片手はおろさない。腰を大きく左右に揺らしながら振りをつけている。

洋の同級生の母親たちかと思っていたが、どうやら美奈のようだ。彼女たちはどうみても二十五、六にしか見えない。幼稚園児の母親の方だろう。

カウンターに座ると、ヨシダさんと幸子の横顔が重なった。船橋のマンションに戻った安心感で急激に太ったとこぼしていたとおり、幸子の顎《あご》は二重にたるみ始めている。真横から見るとよくわかる。

対するヨシダさんの顎はすっきりと尖《とが》っている。もし彼女が泣いたりしたら、その雫《しずく》がぽつんと一滴したたり落ちるだろう、そんな顎だ。

よく考えてみると幸子はヨシダさんの母親でもおかしくない年齢だ。その二人の女の子どもが同じように幼稚園に通っているという事実は、しかしそれほど奇矯《ききょう》なものだろうか、それほど非難されなくてはいけないものだろうか。

「ねぇ、あんたも何か歌いなよ」

本を片手に幸子は笑いかけた。目尻《めじり》に何本かの小皺《こじわ》がある。顎は正面から見ても弛《たる》んでいる。しかし何て可愛《かわい》い女だろうかと忠紘は思う。

ヨシダさんのレモンイエローのセーターの胸も、カワグチさんのほっそりとした腰も、幸子のこの笑顔にはとてもかなわないと思う。

「お前がもう一曲歌えよ。そして帰ろう。新宿からの最終に間に合わなくなってしまうよ」

「そうだねぇ、じゃあ私がそろそろ締めに入るとすっか」

幸子が立ち上がると、歌い終わったばかりのヨシダさんもカワグチさんも、さっきから忠紘の顔を決して見ようとしない久子もパチパチと拍手をした。

「じゃあ、愛する夫と『大阪しぐれ』でもデュエットしようかね」

結局もう一曲デュエット曲を歌い、二人がドンキーを出た時は十一時を大きくまわっていた。これから新宿へうまく接続出来て十二時、千葉行きの最終にぎりぎりで間に合う。

しかし、忠紘はそんな綱渡り的なことをして帰るのが、どうにも我慢出来なくなった。

「おい、タクシーで帰ろうか」

「冗談じゃないよ」

幸子はギャッと怪鳥のような悲鳴を上げた。

「ここから船橋までいったい幾らかかると思ってんのよ。何万円もかかるはずだよ」

「ジャーン！」

忠紘は財布から水色のタクシーチケットを取り出した。

「今夜の接待のためにチケット切ってもらったんだ。うちの課長はチケット切るまではうるさいけど、後は大らかでろくに金額見やしない。今日一緒にメシ喰《く》った先生のホテルを横浜にして、送っていったことにすればＯＫさ。それに千葉まで行ってっても、高速乗ればそんなに遠くないよ」

「あんたって意外とワルいよね」

「普段はきゅうきゅうに経費絞られてるんだから、たまにはこのくらいのことしても罰があたらないさ。知ってるかい、バブルの頃はさ、僕たちもタクシーチケット一冊貰《もら》ってて、どこ行くのも自由に使ってたんだぜ。それがさ、今じゃ課長が自分の引出しに鍵《かぎ》かけて匿《かく》してんだから、世の中、いやこの業界本当に不景気なんだよなぁ」

駅に行く途中の道で、運よく空車のタクシーが近づいてきた。律義《りちぎ》そうな初老の男がハンドルを握っている。

「運転手さん、遠くまでだけどいい?」

最初はややめんどうくさそうに頷いたが、「船橋まで」と告げると、ヒェッと短く叫んだ。

「なんだかさあ、すごくいいことしたような気分になるね」

幸子がシートに身を沈めるやささやいた。

「こんなに運転手さんって喜ぶの、初めて見たよ。わたしゃタクシーに乗るっていってもせいぜいワンメーターだからさ」

「そうだよなぁ、ここんとこ不景気続いてるから、昔みたいに長距離乗る客なんかいないだろうねぇ」

「だけど船橋までいくらかかるんだろう。一万円は出るよね」

「もっとするさ、その倍は軽く飛ぶかも」

「ヒェーッ、二万円！　会社が景気悪くなるわけだよねぇ。あんたみたいなぺえぺえのサラリーマンでも、ずるいことして一回二万円も使うんだもんね。みんながそういうことしてるんだもん、会社は貧乏になるはずだよ」

幸子はすっかり主婦の顔になっている。

「あ、そう、そう。送別会で貰った記念品を開けちゃおーっと」

幸子は足元の紙袋をごそごそ開け始めた。貰い物はすぐその場で見たい、というのが幸子の性分である。知り合いの結婚披露宴《ひろうえん》に招待された帰りなど、電車に乗った時はさすがに我慢しているが、車だとすぐに紐《ひも》をほどき始める。

最初の頃、忠紘は大層驚いたものだ。

「おい、そんなことはうちに帰ってからしろよ」

「どうしてよ、誰だってすぐに見たいじゃないの」

というやりとりの後、忠紘はあきらめて妻の好きなようにさせている。

「あ、可愛い写真立てだよ、見て」

金属でつくったヒマワリ形の写真立てだ。それを入れた小さな箱の片隅《かたすみ》に、ピンク色の薄紙に包まれたものが詰められている。

「何だろう、これは」

拡《ひろ》げた幸子は小さな歓声をあげた。

「こりゃいいよ、エッチっぽいパンツだよ」

両手で持ち上げる。片方の手のひらにすっぽり収まりそうな、きゃしゃな黒のパンティである。

「おい、早くしまえよ」

バックミラーの運転手の視線が気になり、忠紘はあわてて幸子の両手をおろさせた。

「だけど写真立てとパンツとどういう関係があるんだろう……。あ、カードが入ってる」

幸子は席のランプをつけて読み始めた。そして忠紘にも見せる。

「幸子さん、千葉に帰っても時々は一緒に遊んでね。パワフルで楽しい幸子さんは主婦の鑑《かがみ》でした。私たちの人生の師でもありました。皆で選んだパンティ（高かったんだよ♡）を贈ります。これでぜひ三人めのお子さんに挑戦《ちょうせん》してください。そして写真立ての家族をもう一人増やしてくださいね」

いかにも若い主婦が書いたらしく、♡印やイラストがいくつか描《か》き込まれている。

「短かいつき合いだったけど、みんないい人たちばっかりだったよね。淋《さび》しい、淋しいってみんな口を揃《そろ》えて言うんだよ」

やわらかく微笑《ほほえ》む幸子につられて、忠紘はあのことを口にした。

「あのな、久美子のやつ、結納済ませてたんだ」

「そう、やっとそこまでいったんだ。よかったじゃないの」

「お前、腹立たないのかよ。僕たちを千葉へ追い出してその隙《すき》に結納やったんだぞ」

「そんなことだと思ってたもん」

幸子は丁寧にカードを封筒にしまう。

「薄々気づいてたよ。何となくね」

幸子は遠くを見るような目つきで薄く笑う。

「あのさ、あんたにそのうちに教えるつもりだったんだけど、弥生叔母さんたち、お祖母《ばあ》ちゃんの家へ近々越してくるらしいよ」

「何だって」

「きっと私たちの知らないとこで、いろいろ取り引きがあったんじゃないの。あのさ、お祖母ちゃんが私やあんたのこと可愛がってくれてただろ。弥生叔母さんがいちばん心配してたのはさ、私たちがお祖母ちゃんちに住むんじゃないかっていうこと。そして家を乗っ取るんじゃないかっていうこと」

「冗談じゃないぜ。いくら団地暮らししてたって、人の土地や家を狙《ねら》うかよ」

「そんなこと、あんたのお父さんやお母さんに言ってよ」

「親父《おやじ》がまた陰で何かやってんのかよッ」

「わかんないよ、わかんないけど、こりゃあ私の勘で言ってんだけどね」

めんどくさそうに幸子は重大なことを口にした。

「叔母さん、私たちが引越す直前まで、裁判まで持ち込むって言ってたんだよ。お祖母ちゃんの看病は再開したけど、これとあれとは別だって。あんな卑怯な手を使って、土地をひとりじめしようとしたお義父《とう》さんたちを許さないって息まいてたけど、どうやら裁判はやめて、お祖母ちゃんと同居だもんね」

「っていうことは……」

「そうだよ、叔母さんとお義父さん、何か話し合ったに決まってるでしょう。私たちのことに関して、叔母さんとお義父さんの利害は一致してるじゃん。二人とも私たちを追い出したかったのよ」

「あいつら……」

忠紘は怒りのあまり後頭部がずしんと重くなった。やはりタクシーにしてよかった。電車だったら中で倒れていたかもしれない。

「久美子ばっかりじゃなくて、親父もお袋も殴ってやりゃあよかったたな」

「あんた、久美ちゃん殴ったの」

「あんまり生意気なこと言うからな。でもよかったよ。あいつを殴ったことでケリついたからな」

「あんたって時々、どこかが切れるからねぇ……」

幸子はため息をついた。

「普段はおとなしい人間ほど、切れると怖いんだよね」

「いいさ、それで親子の縁を切ったんだから」

忠紘は我ながらつまらぬしゃれだと反省した。

「僕は本気だからね、もう何にも言うなよ。これに関しては口出しさせないよ、わかったな」

目の前の運転手の肩が、そうだ、そうだというように上下した。バックミラーを見ると賞賛と共感に満ちた男の目があった。

ピクニックへ

「わたしゃあんたを見直したよ」

厚く切ったスイカを頰張《ほおば》りながら幸子が言った。子どもにはうるさく言うくせに、口いっぱいに食べ物を入れて喋《しゃべ》るからうまく聞こえない。言葉まで汁っぽいずるずるした発音となった。

「あんたのことだから、何のかんのと理由つけて、実家行くと思ってたけどねぇ……」

幸子が言っているのは、このあいだのお盆のことに違いない。旧暦の盆になると、毎年忠紘は子どもと幸子を連れて墓まいりに行った。その後実家へ寄って、軽くビールを飲むのを恒例としていたが、今年は足を向けない。それどころかあの日以来、忠紘は実家に電話一本かけていないのだ。

夏になってから久美子から手紙が来て、それには十月に式を挙げること、きっと夫

婦で参列して欲しい、といったことが彼女らしい素っ気なさで綴《つづ》られていたが、

「いいから無視しろ、無視しろ」

と忠紘は怒鳴ったものだ。

「あいつのことだからさ、披露宴にやっぱり兄夫婦がいないとカッコつかないとでも思ったんだろ。だけど冗談じゃないよ。あいつみたいに夫も肉親もすべてアクセサリーとしか見られない奴《やつ》の結婚式、誰が行くかよ」

その時、幸子が意外そうに口を半分開けてこちらを見ていたことを思い出す。

「あんたって意志が固いっていうか、頑《かたく》な、っていうかさあ、普通じゃないよね。菊池の家の人って皆変わってるよ、ヘンだよ」

幸子はかなり行儀悪くスイカの種をぺっと吐き出した。こうしなければ食べた気がしないというのだ。対する忠紘はスプーンで一匙《ひとさじ》々々すくって口に入れる。子どもの頃《ころ》からスイカというのはこうやって食べるものであった。いくら幸子に非難されようと変えるわけにはいかない。

「ああ、うちはみんな変わってるよ。見栄《みえ》っ張りで、金に汚なくって最低の奴らばっかりだ。だから僕はあいつらの顔をもう一生見るまいと思ってんだよ」

「そういうのって、近親憎悪《ぞうお》っていうんじゃないの」

く動く。

幸子はまたぺっぺっとスイカの種を吐いた。食べるためと喋るために唇《くちびる》はせわしな

「あーあ、やだねぇ。あんたんちって本当に情けないよ。親子でいがみ合ってさあ」

「うるさいなぁ、親子なんてな、たいていは近親憎悪で成り立ってんだよ。それなのに仲よくするふりするから、うまくいかないんだよ」

あーあ、お腹《なか》いっぱいと幸子は腹を撫《な》でる。子どもたちが寝た後、二人でスイカを半分食べた。もう何の気がねをしなくてもいい。どうして同居なんてあんなしんどいことが出来たか不思議だよねぇとつぶやく。

「だけどお盆に行かなくてよかったのかねぇ。あんたっちのご先祖さんも心配だろうねぇ、親子で仲悪い、長男は家に寄りつかない。私がご先祖さんだったら、化けて出てやるよ」

幸子はすっくと立ち上がり、両手をだらりと下げた。そして「うらめしや〜」と忠紘を見る。スイカのせいもあって今夜はとても機嫌《きげん》がよい。よせやい、と忠紘が笑った時に電話が鳴った。

「誰だろう、こんな時間」

二人同時に掛け時計を見た。十一時半を指していた。

「はい、菊池でございます」

受話器を持った幸子は、相手を夫に知らせるために大きな声で反応する。

「あら、弥生叔母さん、久しぶ……」

しかしその声が途中で変わった。

「えーっ、そんな……、ええっ」

受話器を手で押さえ、忠紘にはっきりした声で告げた。

「お祖父《じい》ちゃん、トイレで倒れたって。病院に運ばれたけど意識不明だって」

「何だってぇ」

忠紘はスイカの匙を置いた。頭の中が白くなり、そして奇妙な質問が口をついて出た。

「本当にお祖父ちゃんなのか、お祖母《ばあ》ちゃんじゃないのか」

「お祖父ちゃんだってば、叔母さん、はっきりと言ったもん」

しかし布団《ふとん》と病薬の光景の中にいるのは、やはり淑子なのである。

「もう、叔母さんと替わってよ」

じれったそうに幸子は受話器を差し出す。忠紘はそれをこわごわと受け取った。それを手にしたらすべてのことが現実になりそうな気がしたが、やはりそのとおりだった。

「あ、忠紘ちゃん、お祖父ちゃんが大変なのよ。夕方倒れたんだけど、そのまま意識が戻らないの」

弥生はやはりいつもよりずっと早口になっている。

「もう年が年だしねぇ、危ないかもしれないってお医者さんは言うのよ」

「お祖父ちゃんって、血圧高かったっけ」

「かなり高かったのよ。それを年のせいだからって注意しなかったのよね。八十過ぎてもウナギやトンカツにめがなくて、それが元気の証《あかし》のように思ってたんだから全く仕方ないわよね」

弥生は長年の愚痴をおそるべきスピードで言ってのけるということをした。

「それでね、おたくのお父さんもお母さんも忠紘ちゃんにすぐ帰ってきて欲しいって言ってるのよ」

この言葉で不意に冷静になる。

「どうして親父《おやじ》はそのことを自分の口で言わないんだろう」

「えっ、どういうこと」

弥生がけげんそうに聞き返したので、忠紘はさらに大きな声を出した。そのためさらに意固地な気分になった。

「おかしいじゃないか。お祖父ちゃんが倒れて入院したなんていうこと、自分の口で言うべきだろ」

「そりゃあ、あんたたち何かあったんでしょう」

弥生は全くの他人ごとのように言い、忠紘は幸子の言う「弥生共謀説」をふと思い出した。この叔母も自分たちの追い出しにひと役買っているというのが幸子の推理だ。

「あのさ、叔母さん。もし僕に言いたいことがあれば、直接電話してくれるように親父に言ってよ。叔母さんに頼むなんて卑怯《ひきょう》だってね」

「あのね、卑怯か何だか知らないけどね」

受話器の向こうの声が、急にゆっくりとなった。怒りを嚙《か》み殺している声独得のやわらかい節まわしだ。

「お祖父ちゃん、意識戻らなくてもう大変なのよ。今夜か明日の午前中が峠だって先生は言うの。だからね、お祖父ちゃんの死にめに立ち会ってもらいたいと思って私は電話したの」

さっきまでの早口がひとことひとこと嚙みしめるような口調に替わる。

「お父さんがしづらいって言うから、私がかけたの。あのね、忠紘ちゃんにとっちゃお祖父ちゃんでも、私にとっちゃ父親なの。自分の親なの、わかる？　だからこんなことをだらだら電話で喋っている時間ないのよ」

そのまま電話は切られた。受話器を持ったままの忠紘はひとりとり残される。幸子がじっとこちらを見ている。忠紘はちょっと照れて肩をすくめた。

「叔母さんに叱《しか》られちゃったよ」

「あたり前でしょう」

ぴしゃりとした声だ。

「何よ、えらそうに、どうして親父がかけてこないのか、だって。自分を何様だと思ってるのよ」

「だってそうじゃないか。もう半年以上も音信不通なんだぜ。それも向こうが悪いんだ。だからってこそこそして自分が電話をかけてこないなんてさ」

「あんたも見栄っぱりのつまんない男だね」

いつのまにか幸子は忠紘の前に立っている足をぐっと広げ、仁王立ちといってもいい立ち方だ。

「誰が電話かけてきたっていいだろ。お祖父ちゃんが死にそうなんだよ。そのことだけを考えればいいんだってば。あんたって身内が死んだことないもんね。お気楽だよ。

わたしゃ違うよ。親二人とお祖母ちゃんが死んでる。だからあんたよりずっと物識《ものし》りだ。さあ、行きな」

着ていくものも幸子は細かく指示をする。

「やっぱり上着は着ていった方がいいよ。何があるかわからないから。そのTシャツは早く脱ぎなってば、下は白いシャツにしな」

靴下《くつした》も地味なものを選んで持ってきてくれる。そして忠紘の手に三枚の一万円札を握らせた。

「これタクシー代とその他モロモロ。このくらいは持ってかないとね」

「サンキュー」

礼心で忠紘はつい口が軽くなってしまった。

「だけど祖父ちゃんも倒れるなら、もうちょっと早い時間にして欲しかったよな。タクシー代がかかって仕方ないぜ」

ところが頷《うなず》いてくれると思った幸子が、きっとこちらを睨《にら》みつける。

「あんたね、人が死ぬかもしれない瀬戸際《せとぎわ》っていうのはお金がかかるもんなの。人の一生の大事の時にしみったれたこと言うもんじゃないよ」

ああ、わたしゃ心配になってきたよと短いため息をつく。

「あんたの家族でちゃんとお葬式出来るのかねぇ。ああいう時にケチケチすると、一生言われ続けるもんね」

「おい、おい、おかしなこと言うなよ。お祖父ちゃんはまだ死んだわけじゃないよ」

「そりゃそうかもしれないけど、もう気休め言ってる時間はないよ。こういうことは決まると早いよ。あっという間に忙しくなるよ」

まるで縁談が決まった娘に言うようなことを口にする。

「わたしゃ、数々の経験を積んだものから言わせてもらうけどね、お葬式っていうのはとにかくお金がかかるの。それも無駄《むだ》なお金。そういうことにちゃんと対応出来るかねぇ、あんたの家族」

そして幸子はこんな話をした。昔、博多《はかた》に住んでいた頃《ころ》近所でお葬式があった。吝《りん》嗇《しょく》で知られるその一家は、通夜《つや》の席でビールの栓《せん》を全部開けることを拒否したという。いっぺんに何本も開けるともったいないからだというのだ。

「うちの一家はお酒を飲みませんから、日本酒の用意も結構です、なんて言ったんだよ。博多でそんなことするうちないよ。酒なんていうのは、手伝いに来た近所の人に飲ませるもんじゃないか。みんな口あんぐりでさ、ますます評判悪くなったんだよ。あんたのうちも、似たようなことするような気がして、わたしゃ気が気じゃないよ」

「そんなことまで心配するなよ……。いくらうちの家族が非常識だからってそんなことまでしないよ」

「いいえ、わかんないよ。いい、もし何かあったらあんたがしゃしゃり出てちゃんとするのよ。あんたは菊池の家の良心なんだから」

市民病院へは何度か行ったことがある。実家の近くにあったから、風邪をひいた時などはここで注射をうってもらった。オートバイで骨折した高校時代の友人を見舞ったのもこの病院だ。

しかし裏手にこんな夜間通用口があるとは知らなかった。二重のガラス扉《とびら》の傍《そば》に守衛の受付がある。そこに老人が座っていて、何か咎《とが》められるかと思っていたが、こちらをちらりと見ただけだ。

忠紘はさっき弥生に確かめたとおり、四階のエレベーターボタンを押した。ここに集中治療室があるというのだ。

しかしドアが開き四階に足を踏み入れた時、そこには薄い闇《やみ》が漂っていた。しんとして人の気配はない。忠紘は頭の中では、皓々《こうこう》とついた電気の下、祖父を蘇生《そせい》させようと忙しく立ち働く医師や看護師の姿があったのだが、この静けさはどうしたことであろう。

右側にナースステーションがあった。水色の制服を着た看護師が二人、何やらファイルに書き込んでいる。

「あの、菊池高一郎の家族の者なんですけど」

丸顔の若い看護師が顔を上げた。

「ああ、菊池さんね、ご苦労さま」

「どうも」

何がご苦労さまかわからぬが、忠紘は軽く頭を下げた。

「ここを左に曲がるとＩＣＵセンター入り口がありますからね。皆さんもそこにいらっしゃるわ」

忠紘は歩き出した。病院というのは単純な迷路のようなものだと思う。つぎはぎしたあの旅館の廊下の方が、はっきりした悪意がある分わかりやすい。ところが病院というのは、のっぺりした廊下が続いているだけだから間違えるはずはないのに、どういうわけかそこにたどりつかない。

忠紘は非常口のドアを誤って開け舌うちをした。もう一度ナースステーションに戻ろうとした時、まるで魔法のように明るいガラス扉が出現した。ひっそりした病院の中、ここだけが別の世界への導入部のように明るい。確実に死へ繋《つな》がっているこの入り口には蛍光灯《けいこうとう》が明るくつき、人のざわめきがあった。

タイトスカートの後ろ姿に見おぼえがある女は振り向いた。やはり房枝だった。しばらく会わないうちに白髪《しらが》が増え、むくんだ顔をしている。忠紘を見てもおびえる風も後ろめたい様子もなく、平然と手招きする。

が、忠紘はそれについて腹も立たぬ。この白っぽい蛍光灯の下、集う人々からして既に現実のものとは思えない。ふわふわと奇妙な空間に漂っているようだ。

傍には保文、弥生の姿も見られる。よりすぐられたメンバーだと忠紘はふと思った。

「中、入れないのかよ」

忠紘は病室のドアを顎《あご》でしゃくるようにした。いま両親の前で何か喋らないと間がもたないのだ。

「集中治療室だからめったなことじゃ入れないわよ」

房枝が素っ気なく答える。

「私たちもさっきチラッと中を見たけど、まるで工場みたいに機械がいっぱいあるのよ。いざとなったら呼んでくれるでしょう」

〃いざ〃という言葉に弥生がじろりと見る。忠紘は叔母の、

「あんたにとってはお祖父ちゃんだけど、私にとっては親だからね」

という口調を思い出した。幸子が言うとおり、自分がかなりうまく間に立たなくてはなるまい。

背もたれのない椅子《いす》に並んで腰かけ、四人はささやくように語り始めた。当然のことはいえ、ここでは病人以外のことを話題にするのは許されない。

「看護師さんもお医者さんもいなくて、しいんとしてるよね。大丈夫なのかね」

「看護師さんは中にいるのよ。私たちはさっきお医者さんにお会いしたわ。五十ぐらいのしっかりした人よ」

しっかりしていない医者など忠紘は想像しづらいが、そうと相づちをうった。

「ねぇ、ねぇ、手術をするとか何かするだろ。今何か部屋の中で治療をしてくれてるんだよね」

「もう年が年だから、先生もあんまりいじらないんじゃないかしら」

今夜の房枝は不用意な言葉をいくつも口にする。いや、いつもの抑揚のない無機的な喋り方なのであるが、場所が場所だけにひどく目立つのである。

「八十を過ぎてたら、体のあちこちにガタがきてるでしょう。六十過ぎの人なら脳こうそく起こしても意識が戻るっていうことがあるけど、お祖父ちゃんの年なら無理ですって。抵抗力がないから、肺炎起こして心不全っていうことになるらしいわ。たとえ助かってもね」

「肺炎になろうと、ヨイヨイになろうと、助かってもらわなきゃね」

弥生はつぶやくように言ったが、これは房枝に対する痛烈な皮肉というものであろう。

「私はね、ろくな親孝行をしなかったから、今死なれちゃ困るわよ」

「あら、弥生さん、嫁に行った女なんてみんなそうよ。里の両親に対して皆、悔いが残るもんよ」

「そうかしらねぇ」

「私もね、若い時に親を亡《な》くした時、ろくに看病にも行けなかったもの。弥生さんには悪いけど、お祖母ちゃんがいい顔をしなかったのよ。あの時は毎晩ひとり泣いたものよ」

話がおかしな方向へ行きかけたので、忠紘は急いで調整しなければならない。

「ま、僕としてもさ、お祖父ちゃんにまだ長生きしてもらいたいよ。だいいちさ、このあいだまで元気に出歩いてたんだから、何だかまだ信じられないよ。ここにいても現実感がないよ」

「私もね、先に逝《い》くのはお祖母ちゃんだとばっかり思ってたからね」

房枝がまた余計なことを言う。

「でもね、男の人が後に残るのはつらいものねぇ、順序はこれでいいのかもしれない。特にお祖父ちゃんの世代は、自分ひとりじゃ何も出来はしないからねぇ。もしかすると今の世の中、奥さんの方が先に逝くのを、〝さかさを見る〟っていうのかもしれないわねぇ……」

「うちの親は本物の〝さかさを見て〟るから」

きっぱりとした声で弥生がさえぎる。

「興子《きょうこ》姉さんが死んだ時は、二人ともがっくりきてたわよねぇ。興子姉さんは長女だったし、やさしい性格だったから、お祖母ちゃんもどんなに頼りにしてたかねぇ。今でもお祖母ちゃんは時々言うもの。興子さえ生きてたら、今こんなつらい思いをしなくてもよかったって」

房枝がむっとした表情で弥生の方に顔を向けた瞬間、病室のドアが開いた。水色の制服を着た看護師が出てきた。

忠紘は体が硬直したようになる。彼女が「臨終です」と告げに来たと思ったのだ。それは他の人々にしても同じだったらしい。四人はいっせいに、貴賓を迎えるように立ち上がった。

しかし黒子《ほくろ》がやたらある中年の看護師の顔からは、切実なものは何ひとつ伝わってこない。彼女はのんびりとした様子で廊下を横切ろうとし、そして振り返った。

「心臓がとってもしっかりしてますよ」

「はい？」

「意識は戻ってませんけど、心臓がとても力強いんです。まだ大丈夫ですよ、ご安心下さい」

へなへなと椅子に座ったのは弥生である。

「お祖父ちゃんの年の人は、戦争行ったりして心臓が強いのよねぇ」

その中にはかすかな失望が混じっている。

「この分だと案外もつんじゃないかしら。ほら、植物人間とかいって、意識がないまま生きてる人がいるでしょう。あんな風になるかもね」

「馬鹿《ばか》なことを言うもんじゃない」

保文が初めてといっていい発言をした。さっきまでむっつりと腕組みをしていたのだ。

「植物人間っていうのは、健康な若い人の話だ。親父がもつっていっても、せいぜい

二、三日の話だろ。それまで静かに待てないのか」
「ま、私たちは静かに待っているつもりよ。こうなったら、何日だって私は待つわよ。娘だもの」

結局夜明けまで待機していたが、高一郎の状態に変化はなかった。

「交代で家に帰りましょう」

と言い出したのは房枝である。

「まだお祖父ちゃん大丈夫みたいだし、私もいったん家に帰るわ」

目のまわりに強く疲労がにじんでいる。房枝は小さく伸びをしたが、それはやはり不謹慎に見えた。

「私は居るわよ」

弥生は一語一語強く発音する。

「やっぱりずっと居てやらなきゃ、可哀想《かわいそう》だもの」

「俺《おれ》も残るよ。年寄りだからどう変わるかわからんからな」

保文が言い、二人を残して房枝と忠紘はエレベーターに向かった。まだ開かれていない病院のロビーを、数人の男たちが掃除機をかけている。業務用の大きなバケツのような掃除機を見ていると、

「工場みたいなところで機械だらけにされて」

と房枝が言う祖父のことが思いうかんだ。

「お祖父ちゃん、死ぬのかなあ……」

「まあ、もって今夜っていうところかしらね。仕方ないわよ、年が年だもの。前にお祖父ちゃん、言ってたことがあるわ。もうせいせいするぐらい生きたって。そう言って死ねる人は幸せよ。だからまわりの人がそうカリカリすることもないのよ」

弥生のことを言っているのはあきらかだった。

早朝のタクシー乗り場に車が待っているわけもなく、二人は大通りをしばらく歩く。もう二度と会わないと絶交宣言をした母親と、こんな風に肩を並べて歩くのは一瞬奇妙な感じがするが仕方なかった。死のまわりというのは、あらゆる感情を立ち入らせない治外法権だと忠紘は思う。

タクシーが近づいてきた。忠紘は右手を大きく挙げる。

「家まで送るよ。僕はそのまま駅まで行く」

「忠ちゃん、お勤めはどうするの」

「電話して午後出社にしてもらうよ。今からなら船橋に帰ってひと眠り出来るし……」

「そう、体には気をつけて頂戴《ちょうだい》よね。あんたたちの年代がいちばん忙しいのはわかってるけど、体あってのことなんだから。うちはそうでなくても血圧やら心臓やらに問題が多い家系なんだから」

「ああ……」

こうした母親の言葉というのは、右の耳から左の耳へ通り抜けるものであるが、その間に多少の心地よさは残る。昔聞いた子守唄《うた》と同じようなリズムだ。

「まだ私たちのことを怒っているんでしょう」

しかし忠紘が油断した隙《すき》に、房枝は核心に触れてきた。

「忠ちゃんが怒るのは無理もないし、幸子さんにも悪いことしたと思うわ。でもね、久美子の気持ちになってみるとね、私もつい親馬鹿をしてしまったの……」

「もう、いいよ。いいよったら」

許すつもりは毛頭ないが、今は房枝の言いわけを聞くのがわずらわしい。さっき集中治療室の廊下にいた時はそうでもなかったが、こうして朝の光の中にいると、祖父がもうじき死ぬという実感がひしひしとこみ上げてくる。

人が死ぬという大きさの前に、諍《いさか》いや人の思惑などぼんやりとぼやけたものになってしまう。母親や妹に対する確執は、後でゆっくり考えようと忠紘は思った。

「だからね、さ来月の久美子の結婚式、出てやってくれないかしら」

媚《こ》びるような房枝の声が遠くで聞こえてくる。

「あの子もね、そりゃあ反省しているのよ。花嫁姿をお兄ちゃんに見てもらいたいって、しょっちゅう言ってる」

「わかったよ、考えとくよ」

母親の方を見ると、房枝は右手の中指で目やにをこすり取ろうとしているところであった。せいせいするほど生きた、といえるのはいったい何年ぐらいのことをいうのだろうか、人はそこまで生きて本当に幸せなのだろうかと忠紘は軽く目を閉じる。

駅に着くとそろそろ早い通勤客が、改札口に集まっているところである。今から帰ると忠紘は幸子に電話をした。

「どうも今夜あたりが山じゃないかな」

「じゃ今晩私も美奈と洋を連れて病院へ行くよ」

「いや、そんなことはしない方がいい。集中治療室には入れてもらえないし、廊下もあんまり人がいられないよ。子どもたちを連れてきても、きっと会わせられないと思う」

「病院ってそういうとこだよ。人の死に目に会えないような仕組みになってんのよねえ。昔、私の祖母ちゃんが死んだ時は、それこそ一族が三十人集まって、大声で〝祖母ちゃん、祖母ちゃん〟って叫んだもんだけどねぇ。今の年寄りは可哀想だよね。そんな声を聞くこともなく死んでくんだね」

「とにかくそっちへ帰るよ」

「わかった。だけどさ、お祖母ちゃんはいまどうしてるの。弥生叔母さんも、お義父《とう》さんも病院じゃめんどうは誰がみてるのよ」

「あのさ、僕たちが引越した後、通いの家政婦さんに来てもらってるみたいだよ。お祖父ちゃんがトイレで倒れてんのを見つけたのもその人みたいだ」

「ふうーん、でもこんな時、お祖母ちゃん心細いだろうね。行ってあげなくていいのかね」

「幸子」

忠紘は思わず叫んだ。

「お前って本当にいいやつだな。しんからいいやつだ」

その日から高一郎は四日間生きた。最後の日になると、さすがに疲れきった弥生の口から、

「そろそろケリをつけないと、お祖父ちゃんも苦しいだろう」
という言葉が出た。娘だからこそ許されるその言葉に、秘《ひそ》かに頷く自分がいること
に忠紘は気づいた。そんなことは必要ないと保文と房枝からも言われたけれど二日間
有休をとって、病院に待機している。その間、実家に泊まった。
「あんたにとっちゃ、初めての身内の死なんだからちゃんと見とかなきゃ」
という幸子に納得したからだ。
「この頃《ごろ》の人ってさ、お祖父ちゃん、お祖母ちゃんぐらいになるとさ、普通に会社行
ってさ、帰ってきて死んだの聞くっていうのが多いじゃない。わたしゃ、そういうの
って違うと思うよね。身内っていうのはさ、死ぬ時こっちにいろんなことを教えてく
れるんだもん、中年になる時にいろんなもの見ておかなきゃ」
その時は〝お前、いいこと言うじゃん〟などと肩を叩《たた》いたりしたのだが、三日めに
なるとさすがにつらい。秋ものの展示会がそろそろ始まる時期だったので、忠紘は公
衆電話と廊下との間を何度も往復しなければならなかった。
「もしもし、吉川《よしかわ》さん、印刷所からもう見本持ってきた?……。うん、そう、そう、
逸品会のパンフレット。あのさ、僕がちゃんと見るから机の上に置いといてくれない
……。そう、まだOKを出さないでよ。あそこは時々、色指定と違うことをすること

あるから」

廊下に戻ると房枝が手招きしている。頰《ほお》のあたりに安堵《あんど》のゆるみが漂っているのを忠紘は見逃さなかった。

「あのね、いよいよ中に入ってくださいって」

「えっ」

「最後のお別れしてくださいっていうことよ」

そんなこともわからないのかというように、房枝は息子をちらりと見た。

「かなり頑張《がんば》ったけど、いよいよ死ぬのよ、お祖父ちゃん」

「そうかあ……」

もう駄目《だめ》だと聞いてから、先へ先へと宣言が延ばされた結果、それは自然のことのように受け取られた。仕方ない、四日間もこの病院の固い椅子に座っていたのだから、終わることを平静に受けとめてしまう。

「中に入る方は二人までにしてください」

最初にナースステーションで見かけた丸顔の看護師が怒ったような口調で言う。

「中に入る人は、こっちへ来てください。手を消毒して白衣着てもらいますから」

「四人でもいいでしょう。みんな身内です」

と弥生。

「部屋《なか》は狭くて他の患者さんもいます。二人にしてください、規則ですから」

「そんならだなあ」

突然、保文はすっくと立ち上がった。さっきまで脱いで椅子の背にかけていた茶色の上着を、いつのまにかきちんと着こんでいる。

「俺と」

そして忠紘をまっすぐ指さした。

「お前来い。一緒に行こう」

その時、弥生がまぁと小さな悲鳴を上げた。

「兄さん、私が中に入るわ。私は娘なのよ、冗談じゃないわ。兄妹二人でお父さんを見送るのが本当でしょう」

「だけど忠紘は長男だ」

「何言ってんのよ、江戸時代じゃあるまいし、私が中に入るわよ」

「俺が決めることだ。お前に口出しはさせない」

「あのですね」

看護師は女教師のような威厳を持って振り返った。

「廊下で大きな声を出さないでください。困ります」

「叔母さん」

忠紘は言った。

「皆で順番で行こうよ。僕も後から入るからまず先に入ってよ」

「だったら後にするわ」

弥生はべそをかいているような顔になった。薄い眉《まゆ》が下がりますます老《ふ》けて見える。こうして見ると父の保文にそっくりだ。いや、そうじゃない、叔母は祖父の高一郎とうり二つだと忠紘は思わず口にしそうになる。いつもは不自然なほど長く茶色に入れている描《か》き眉が無くなると、目のくぼみ加減までそっくり同じだと忠紘は、寝ている高一郎を見て確信を持った。

祖父は何本もの管によって生と繫《つな》がれていた。酸素吸入のマスクの下から、何本もの無精髭《ぶしょうひげ》が見える。これほど喉《のど》の下まで濃い髭が生えるものだろうか。こうして見ると祖父というのはかなり毛深い。自分は普通の方だと思うが、娘の美奈のうぶ毛がとてもはっきりしていると幸子がこぼしていたことがある。後ろの髪をかきあげると、首いちめんに薄い毛がびっちりおおっているというのだ。

毛深さというのは、隔世遺伝というわけでもなく、三代後に出てくるものだろうかと、忠紘は死の床を前にして奇妙なことを考え始めた。

隣りの保文はといえば、わざと明るく振るまおうとしているようだ。入るなり息子の肘《ひじ》をつついてささやいた。

「見ろ、これが心電図だ。親父の奴、結構まだちゃんと動いてるじゃないか」

そして、不意に、まあいいさと言った。

「八十七っていったら、まあいいさ、上等のもんだよ。なあ、いいよなあ。いいさ、いいさ、いいよなあ、祖父ちゃん」

最後は高一郎に語りかけていた。

「祖父ちゃん、そんなに悪い人生でもなかっただろ、えっ、そうじゃないか」

父の涙を見たのは何回めだろうかと忠紘は思い出している。自分がずっと子どもの頃、親戚《しんせき》の誰かが死んだ。その時父親がしきりにハンカチを目にあてていたのが不思議だった。大人でも泣くのだなあとぼんやりと思ったものだ。

そして中学生の時、テレビに中国の子どもたちが映し出された。何かのお祭りなのだろう。何百人、何千人という子どもたちが片手に花を持ってパレードをしている。驚いたことに保文は、箸《はし》を下において涙ぐんでいるのだ。

「俺は駄目なんだ。こんな風に子どもがいっぱい歩いているのを見ると」

そして今大人になった忠紘は、老いた父親の涙を目撃した。それを見るのは大層つらい。忠紘はそっとひとり病室を出た。

弥生に替わって椅子に腰かけたら、ふうっと深い疲れでそのまま眠り込んでしまいそうだ。とりあえず今夜はゆっくりと寝られると思ったら、長く細いため息が出た。

「あんたが小学校に入った時だったけどねぇ」

房枝がため息を区切るようにして話し出す。

「お祖父ちゃんがランドセルを買ってくれることになったのよ。いちばん高くていいのを買ってくれるって張り切ってたんだけど、どこへ行っても気に入ったのがありゃしない。それでねぇ、銀座のデパートまで行って」

そこで遠くへ視線を投げかけた。

「うんといいのを見せてくれ、浩宮《ひろのみや》さまが使うようなのをくれ、って言ってね。店員さんくすくす笑っていたわ」

「ほら、憶《おぼ》えてないかい。中学校へ入って初めての臨海学校の時……」

「そう、そう、忠ちゃんの友だちは金持ちばっかりだろう、肩身が狭くないようにって、チョコレートをどっさり買ってきたのよねぇ」

「皆で食べろって五十枚はあったかなあ。だけど持ってきてくれた時は、暑さのせいで溶けかけてたんだ」

「それも昔の人だから、ハーシーの大きなチョコ」

二人は顔を見合わせ、かすかに微笑《ほほえ》み合った。その時病室のドアがゆっくり開かれ、白衣を着た弥生と保文が出てきた。

「お義姉《ねえ》さん……」

弥生の唇《くちびる》がぐにゃりと曲がった。

「おとうさん、いま、死んだわ」

「そう」

「あのねえ、あっという間に死んだの」

言ったかと思うと、弥生は房枝の肩にすがる。それはあっという間の出来ごとだった。かつてあれほど仲の悪かった二人の初老の女が、女子中学生のように肩を互いに抱き合いおいおいと泣き始めたのだ。

「私たちに何にも言わずにねぇ……。とうとう何も言わなかったのよ」

「うん、うん……」

「それなのにねぇ、すうって深呼吸したかと思ってたら、そのまま死んでたのよ。お義姉さん、親の死にめにあうって、こんなにつらいもんかしらねぇ、いくらあっちもこっちも年とってても、本当につらいもんねぇ……」

「そうよ、そうなのよねぇ……」

二人の女はお互いの鼻を、相手の肩にこすりつけるようにしてすすり泣く。忠紘は奇跡でも見るようにそれを眺《なが》めた。祖父母の土地をめぐり、長いこと争いを続けていたのは誰だったろうか。弥生は房枝のことを、

「あんな情のこわい女の人は見たことがない」

とよく言っていたではないか。それなのに弥生は、情のこわい女と肩を抱き合い泣いているのだ。

「ご家族の方、ちょっと」

さっきの若い看護師の傍《そば》に、眼鏡をかけて太った女が立っていた。帽子のマークから、この女性が師長だということはすぐにわかる。彼女は「遠慮がち」と「てきぱき」のちょうど中間のやさしい口調で喋《しゃべ》り始める。

「これからどうなさいますか。ここに出入りしている業者がおりますから、すぐに手配出来ますが」

「いや、うちは商売やってますから近所の店で」

と保文。まるで歳暮《せいぼ》の品をどうするか相談されたような口調である。

「そうですか、それではすぐに電話なさってください。すぐにワゴン車で来てくれるはずです」

「あの……」

少し照れたように保文は口を開く。

「あの、湯灌《ゆかん》とかはどうしたらいいんですか。すぐにするって聞いておりますが」

「こちらでざっとしておきますからご心配なく。後は業者の方に任せておかれてもいいでしょう。あのご遺体はすぐに手を組んでいただいたりしないと固くなってしまうんですよ」

ふと若い看護師の手元に目がいった。白いアクリルのケースを持っている。上にマジックで「エンジェル・セット」と書かれている。おそらく死体を消毒するための一式が入っているのだろう。

その時、突然熱いものがこみあげてきた。祖父は死んだのだ。ランドセルを買ってくれた祖父はもうこの世にいない。固くなる物体となり、エンジェルと呼ばれる死体となった。

「お祖父ちゃん、いい死に顔でねぇ……」

後ろで弥生のしゃくりあげる声が聞こえる。あの叔母と自分とは同じ血が流れている。すぐ隣りの部屋に横たわっている死体と同じ血だ。ああ、みんな同じ血で同じ涙を流しているのだと忠紘は頭を垂れる。

菊池家の墓は、もともと近所の寺にあった。昔はこのあたりでも有名な地主であったという祖父母の話は本当だったらしい。寺の右手の大きな墓所が並ぶあたり、いわば一等地に菊池家の墓はあったのであるが、その広さと場所がわざわいした。七年前に道路の拡張があった時に、まっ先に移されてしまったのである。

次なる引越し場所は、寺の別棟にあるロッカー形式の墓所であったが、これには珍しく高一郎が怒った。

「ご先祖の墓をコインロッカーに入れろっていうのか」

彼にしては素早い行動で、八王子にある霊園を契約し、一区画買ったのは五年前のことである。

「やっぱりお祖父ちゃんは薄々予感していたんだねぇ」

こういうことは因果話のようにささやかれたが、当時も八十過ぎていた老人が死を予感していなかったはずはないだろう。

四十九日にはまだ日にちがあるが、家族みんなで墓まいりに行くことになった。祖母の淑子がどうしても行きたいと言い張ったのである。リュウマチの容態はこのところ大分いいようであるが、寝たきりの這《は》うことしか出来ない病人である。そんなことは無理だと誰しもが思った。しかし幸子が、

「車椅子《くるまいす》を使えばいいじゃん」

と提案したのだ。市の福祉課に問い合わせたところ、無料で貸し出す車椅子は百台あるが、すべて出払っているという。レンタル屋を紹介します、という言葉に幸子がぷりぷりしていた。

「いったい何のために高い税金とってんだろうねぇ。めったやたらに道路ひっぱがしちゃ工事ばっかりしているくせに」

といっても車椅子を借りられないことにはどうにもならず、一万円支払って三日間だけ借りることにした。一カ月の料金だが、三日間だけでも同じ金額になると幸子がまたむっとした。

しかし墓まいりに行けると聞いて淑子は大喜びである。葬儀の日に寝込んでしまって申しわけなかったというのが、最近の淑子の口癖なのだ。

しかし四十九日といえば十月になってしまう。八十過ぎた淑子にはつらいはずだというので、急きょ初七日の次の日曜日、祖母を中心に内々の墓まいりを計画したのだ。

淑子に保文、房枝夫婦、そして忠紘、幸子夫婦に洋と美奈、久美子、弥生とその夫、友文にその妻と総勢十二人が揃《そろ》った。弥生の夫が運転するマイクロバスに皆が乗り込むとすっかりピクニック気分である。幸子が怒鳴る。

「洋、美奈、おしっこ大丈夫ね、お祖母ちゃんも気分悪くなったら言うんだよ」

バスはゆるゆると丘陵地帯を登っていく。最近このあたりにめっきり大学が増えた。皆がよく知っている名門校もこぞってこちらに移転したらしい。

「洋もこんなとこ行けるといいねぇ。ほうら、立派な学校じゃないか」

幸子は隣りに座っている息子の頭を撫《な》でたが、彼はポッキーを齧《かじ》った姿勢のまま、首を曲げようともしない。

「ちゃんと見るんだってば、こら、こういうとこから英才教育は始まるんだから」

幸子の言葉に人々の間からは失笑が漏れた。

「駄目よ、幸子さん、今からそんなこと言っても遅いのよ」

「へえー、早過ぎんのかと思った」

「あのね、名門へ入るような子どもはね、二、三歳のうちからそういう教育をさせなきゃ。このあいだ雑誌に出てたけど、何とかっていうタレントはねぇ、日吉《ひよし》に引越して、よちよち歩きの子どもを連れて、毎日慶応の庭を散歩させるんだって。そしてあなたは将来ここに入学するんだって言いきかせるそうよ。今はそのくらいしなきゃ」

「へえーっ」

幸子は大げさに驚いてみせた。

「ま、私の方の血が強けりゃ大したことはないだろうけど、菊池の家の血が強けりゃ結構なもんになりますよね。それを信じて、わたしゃ子どもを大切に育ててるんだけどねぇ」

「そりゃ、そうよ」

弥生が満足そうに頷いた。ほとんどの女と同じように、彼女もこうした話題が大好きなのである。

「お兄さんは戦争のごたごたで大学行けなかったけど、お祖父ちゃんはさ、あの年で早稲田《わせだ》出てんだからたいしたもんだったわよ。お祖母ちゃんときたら、もう……」

ここでごっくりと唾《つば》を呑《の》み込んだ。どの一族にも必ず一人いる、語り部《べ》の役割に弥生はどうやら就こうとしているらしい。

「あなた、女子高等師範よ、女子高等師範。今で言うお茶の水だからねぇ、そりゃあすごいもんよ。私はね、子どもの時、学校の書類に親の学歴書くのが自慢だったもの。親が二人とも大学を出てるのはあの時代うちぐらいだったし、また家が羽振りいい頃だったからねぇ、先生もさすがって言ったよね」

「それで弥生叔母さんは成績よかったんですか」

「私？　私ねぇ、まあまあってとこじゃない」

弥生は苦笑いをする。そういえば昔、房枝がこのことについて喋っていたのを聞いたことがある。

「弥生さんが通ってた高校はね、東京でも最低のレベルの女子高だったわよ。私たち馬鹿《ばか》にしてた高校よ。息子の義彦ちゃんの出来が悪いのもあたり前かもね」

幸子の奴、まずい話題はちゃんとチェックしとけよ。忠紘はこっそり舌うちする。

「学校なんて何にも関係ありゃしないわよ」

前の座席に座っている淑子が、やや舌をもつらせながら言った。

「いい学校を出てる、頭がいいなんてことは何の関係もないわね。私はこの年になってやっとわかったわよ」

「あ〜あ、お祖母ちゃん、それをもうちょっと前に聞きたかったよねぇ」

房枝が茶化したが、そう嫌《いや》な感じではない。そもそも二人が同じ車に乗っている、などということは一カ月前だったら考えられないことであった。名門意識をかざして、ねちねちと自分を苛《いじ》めぬいたと、長いこと淑子のことを恨んでいた房枝である。しかし、通夜《つや》、葬儀と続く慌《あわ》ただしさの前では多くのものが吹き飛んでしまった。

祖父母の家でとり行われた通夜と告別式には予想以上の人々が参列してくれて、菊池一家はてんてこまいをしたものだ。近所の業者がいっさいを取りしきってくれたというものの、やれ酒が足りない、ご住職さんがお帰りになると、そのたびに誰かが呼ばれていった。そんな中で淑子と房枝の確執は、いつのまにか忘れられていく。

「お義姉さん、手が空いてたらちょっとお祖母ちゃんの様子見てきてくださいよ」

「あら、ご飯はまだだったかしら」

「さっき皆と一緒のお弁当食べてたけど、お茶はまだだったかもしれない。お願いね」

弥生と房枝が廊下ですれ違いながら、そんな会話をかわしているのを見たことがある。とはいうものの、この状態が長く続くとは忠紘には思えない。祖父の死という非常事態により、皆の心がいっとき寄り添っただけなのだ。しかしそれは決して悪いことではなく、このバスの中の穏やかな寛《くつろ》ぎはどう言ったらいいだろうか。友人や会社の同僚と出かける旅行とはまるで違う。みなどこかで血が繋《つな》がっているという人たちと肩を寄せ合い、語り合うことがこれほど心地よいとは意外であった。車の中で発せられる声も似ている。同じことにどっと笑う。

「あのね、人間にとってね、いちばん大切なことはね」

淑子は続ける。

「死んだ後で、たくさんの人たちがお墓まいりに来てくれるかどうかっていうことですよ」

「じゃ、お祖父ちゃんは幸せものだよね」

弥生が言って、バスの中の人々はみないっせいに頷いた。

「お祖母ちゃんの時も大丈夫だよ、私たち、みんなでしょっちゅう行くからね」

娘でなければ言えない、残酷さと温かみの籠《こ》もった言葉が、なぜかこの場にぴったりであった。

新しい霊園は、まだ誰も入居しない建売住宅地のようだ。清潔で明るく、どこかよそよそしい。どちらもこれからやってくる人を待っている。

菊池家の人々はゆるい斜面の道をゆっくりと歩いた。淑子の車椅子は、友文と弥生の夫の黒沢がかわるがわる押した。忠紘は洋と手をつないでいるからである。

「いやあ、いいとこだよねぇ」

押すのを黒沢に替わった友文が大きく伸びをする。

「晴れたら富士山が見えそうじゃないか」

「パンフレットにはそう書いてあったけどどうだかね」

弥生が夫の傍に立った。雨が降ったら中止しようということになっていたのだが、昨日までのぐずついた空が嘘《うそ》のような素晴らしい秋晴れである。まだ木々が低い霊園だから、強い陽《ひ》ざしがまっすぐこちらにあたるのもかえって気持ちよい。

「お祖母ちゃん、日傘《ひがさ》をさそうよ」

例によっておかしな帽子をかぶった久美子が、自分のものらしいピンク色の傘をひろげると、パッと季節はずれの夕顔が咲いたようになった。

「あいつさぁ、嫁ぐとなるとやっぱりやさしくなったじゃん」

忠紘は列の後方を歩く幸子にささやいた。

「久美ちゃんさ、もうこうだよ」

幸子が美奈の手をひいていない右手で、すばやく腹の上にゆるい円を描いた。

「ええっ、まさかあ」

「間違いないよ。あのかったるい歩き方、久美ちゃんらしくないやさしさ……」

忠紘の中に渡辺の顔がうかぶ。いかにも慎重そうな男だったが、結構ドジを踏んだものだ。結婚前の妊娠など今どき珍しくも何ともないが、ああした気取った階級の人間たちにとっては苦々しいことだろう。

「弁護士っていうのは案外スケベが多いのよ。ストレスが多い職業だから、女の人で発散するんじゃないの。それにさ、ワタナベっていかにも強そうじゃん」

幸子はごく真面目《まじめ》なおももちで自分の見解を述べた。

「だけどさ、私も経験したけどさ、ちゃんと式挙げる前にお腹《なか》が大きくなると女はつらいよね。仕掛けたのは男なのにさ、女がふしだらみたいに言われるのよ」

幸子は前を行く房枝の背をじろりと見た。友文の妻の正美と何やら話しながら歩いている房枝の背は、陽ざしの下で見るとはっきりと丸い。

「ねえ、あんた、久美ちゃんの結婚式、やっぱり出てやろうよ。腹は大きいわ、兄さんは出席しないわじゃ、久美ちゃんが可哀想《かわいそう》なんじゃないの」

「ああ、そうするつもりだよ」

「あのさ、久美ちゃん、私に手紙くれたんだよ」

「へえーっ」

「あんたに黙っててくれって書いてあったから、今まで言わなかったけどさ、随分謝ってるの。本当に自分が馬鹿な子どもだったたって。どうしてあんなことをしたのか、本当に反省してる。だから許して欲しいってさ」

「あいつも随分大人になったじゃないか」

「そりゃあ、姑《しゅうとめ》のことで苦労してるからじゃないの」

「姑ったって、まだ結婚もしてないじゃないか」

「そりゃそうだけど、あれを見てごらんよ」

幸子は顎《あご》をしゃくり上げる。二人の行く手には桃色の花が揺れているつば広の帽子が見える。

「可哀想、久美ちゃんはこれから一生あの帽子被《かぶ》って暮らしていかなきゃいけないんだよ。ワタナベのお母さんが、帽子づくりが趣味なもんだからさ。聞いたんだけど、自分の帽子をいつも被ってるかどうか監視してるんだってさ。そいで久美子さんは被り慣れないから似合わないのよ、みたいなことをよく言うんだってよ。だから久美ちゃん、いつもびくびくしてへんてこな帽子被ってんのよ」

「大げさだなぁ、一生だなんて。ワタナベのお袋さんが、これから五十年も六十年も生きてくわけないんだから。お袋さんがいなくなったら、すぐに帽子を脱げばいいんだよ」

「でもね、ワタナベのお母さんって長生きしそうだよ」

「なんでそんなことわかるんだよ」

「私の長年の勘さ」

幸子は外国人のように大きく肩をすくめて見せた。これからちょっとしたことを言うよ、という時の彼女の癖である。

「帽子づくりが趣味で、嫁に被せなきゃ気がすまない、なんてお母さんが長生きしないはずはないじゃないか」

「お、すごい偏見」

「いいの、いいの。嫁姑なんて偏見で出来てんだからさ」

幸子はもう一度久美子の方を眺《なが》める。その視線には、おかしみと同時にあるいたわしさがあった。

「久美ちゃん、これからいろいろ苦労するだろうね。ワタナベの家で同居するんだもんね。でもいいんだよ、上流のおうちに入って苦労するっていうのが久美ちゃんの夢だったんだからさ。あのコにとっちゃ、そういう苦労がプレミアムなのよ」

「苦労がプレミアムねぇ……」

先頭を歩いていた保文たちは、もう菊池家の墓の前に到着した。早く歩いてこいよ、と手を振る父の姿が、妙に威厳があった。

五年前に建てたばかりの墓だから、みかげ石の表面はまだピカピカと光っている。気恥ずかしいほど立派な墓だ。死んだ高一郎がかなりふんぱつしたのである。

「だけどね、ほら、道路拡張でどかされたお墓もこのくらいの大きさだったわよ」

　初七日の時の花や供物《くもつ》を片づけながら弥生が言った。

「口惜《くや》しいわね。あのお墓さえあったらね、こんな新興住宅地みたいなとこに眠らないですんだのに」

　弥生もこの霊園に対して、忠紘と同じような感想を持ったようだ。

「ここ新しくて綺麗《きれい》でいいじゃないか。だからお祖父ちゃんも気に入って買ったんだろ」

　忠紘の言葉に弥生は大きく首を振った。

「新しいから口惜しいのよ。家の格っていうのは墓でわかるからね。やっぱりその土地の寺のいいとこにあって、苔《こけ》がいっぱいついたお墓じゃなきゃ。そこへいくとうちのは立派よね。ねぇ、パパ」

　弥生の夫の黒沢が、ああとおもむろに答えた。

「高松の実家の墓ですがね、今じゃもうつくれないぐらいの大きさですよ。最初に彫ってある文字が安政とかだよなあ、確か」

「天保《てんぽう》じゃなかった、パパ」

　へえーっと幸子がしんから感心したような声を出した。

「そんなすごいお墓に入るんだね。叔父さんと叔母さんって」

「まあ、そうは言ってもうちのパパは三男だからね、どうなるかはわからないわ。もしかすると東京にお墓買うことになるかもしれないわね」

「そうなるとやっぱり、こんな風なところに入るのかもしれないわね。お墓も本当にうちと同じだよねぇ。みんな故郷に立派なお墓や家があっても、やっぱり行くとこは新興住宅地だ」

弥生は露骨に嫌な顔をしたが、とどめをさしたのが保文であった。

「だからな、墓の自慢なんかしても仕方ないんだよ。お前なぁ、もう自分は嫁に行った身なんだから、実家の墓に文句つけるんじゃないよ」

弥生は何か言いかけたが、老いた車椅子の母の手前、思い直したように黙って線香に火をつけた。風が少し出てきたから、線香の火が何度も消え、人々は舌うちしながら両手で覆《おお》った。幸子が美奈の後ろからまわり、線香を握らせた。

「ほら、祖父ちゃんになむなむするんだよ。お祖父ちゃん、安らかに眠ってね、って言うんだよ」

その言葉に刺激されたのか、淑子が突然目を押さえた。こういう時老人にありがちな芝居がかった声で言う。

「お祖父さん、皆で来ましたよ。皆で仲よく来ましたよ」

「まあ、祖父ちゃんもそんなに悪くない人生だったよなあ」

保文がおもむろに言った。彼は墓を前にすると、やけに芝居がかった口調になる種類の男らしい。

「いろんなことがあっただろうけどさ、こうして子ども、孫、ひ孫が揃《そろ》っておまいりしてくれるんだからな。ま、そう悪いこともなかったよな」

「そうですとも。そう思ってあげるのがいちばんの供養ですよ。ねぇ……」

黒沢が同意を求めるように淑子の顔をのぞき込む。一緒に暮らすようになってから、彼は義理の母との件をことさら強調するようであった。

「まあ、お祖父さんの方は片がついたけどもねぇ、さて、私はどうなるかねぇ」

淑子が娘婿《むすめむこ》の言葉をふり払うようににやりと笑う。彼女の本来の賢さというのは、最近こうした年寄りの自嘲《じちょう》と意地の悪さとなって発揮されるのである。

「最初に言っておくけどね、私はお祖父さんみたいにうまく片がつかないかもしれないよ。なにしろこんな体だしね、女は結構しぶといかもしれないから」

皆が一瞬黙りこくると、楽し気に墓の方に向かってなおも続ける。

「さて、私の時はこんな風に皆が墓まいりに来てくれるかしらねぇ。ぽっくりお祖父さんは逝《い》ったから、皆もこんな風に大事に思ってきてくれるけれど、私は心配だよねぇ」

「大丈夫だよ、お祖母ちゃん」

まっ先に声をあげたのは幸子である。

「お祖母ちゃんが寝たきりになって、お下《しも》垂れ流しであと十年生きたとしてもさ、やっぱり皆、お墓へ来るよ。それが家族っていうもんじゃん。このチビもさぁ」

美奈を前に押し出すようにした。

「いっちょ前になって、ちゃんと〝なみあむだぶつ〟ぐらい言えるさ」

「うん！」

何もわからずに美奈が答え、誰もが笑った。それでぐっと明るい雰囲気《ふんいき》になった。

「そろそろお昼にしようかしらね」

皆があれこれ話している間も、新聞紙や線香の残りカスを片づけていた房枝が言った。

「こんな気候だから、早く食べないとお弁当が悪くなってしまうよ」

幸子が弁当をつくろうかと申し出たのであるが、

「何もそんなめんどうをしなくてもいいのよ」

例によって身をせつなげによじった房枝である。その結果、忠紘は近くのコンビニエンス・ストアから弁当を買うことになった。どれも七百円から八百円の、やたら揚げ物が入ったものばかりだ。

「これなら私が何かつくってきたのに」

弥生はきっと嫌な顔をするだろう。

霊園の中に、弁当をつかえる休憩所がある。コンクリート製のテーブルの上に、買ってきたウーロン茶と弁当を皆の前に並べた。発泡《はっぽう》スチロールのわびしさは、この空気と空にはやはりそぐわない。

弥生が何か言いかけた時、幸子が紙袋からタッパーをとり出した。

「私がさ、朝ざっとつくってきたからおいしいかどうかわからないけどさッ」

さつま芋の甘煮、鶏《とり》のつくね焼き、卵焼きといったものが並んでいる。

「まあ、おいしそうだこと。幸子は本当に料理がうまいよ。この頃幸子の料理が食べられなくてつまらないよ」

淑子はまっ先に箸《はし》を伸ばし、そしてつぶやいた。

「おしっこ……」

「はい、はい、はい」

弥生が慌てて立ち上がった。それに幸子が従《つ》いていく。三人がいなくなったが、構わず食事を続けることにした。この休憩所では酒が禁止されているから、男たちはいささかウーロン茶をもて余し気味だ。しかし友文が如才なく忠紘に話しかけてくる。

「どう、忠ちゃん、最近コレは」

ゴルフのスウィングの真似《まね》だ。

「出来るわけないでしょ、二人の子持ちのサラリーマンが。せいぜい二月か、三月にいっぺんだよ」

「義兄《にい》さんはどう。やっと本腰入れようって気になったかね」

「まあ、そのうちに教えてくれや」

保文はフライを齧《かじ》りながら答える。

「そのうちに男たちだけで一回やらないか。会社が契約してて、安くまわれるコースがあるんだ」

とうに退職したはずの黒沢が得意げにそんなことを言い出した。

「義兄さんに友さん、それに忠ちゃんと俺《おれ》、四人でまわろうよ」

「そりゃ、いいな」

そこへ車椅子を押した幸子と弥生が戻ってきた。歩きながら二人は淑子に何か話しかけてはしきりに笑っている。

「こんなとこにもちゃんと障害者用のトイレがあるから助かるよね。お祖母ちゃんはさ、老人が多い場所だからあたり前だって威張るからおかしくて」

「こっちもゴルフの話で盛り上がってたぜ。今度男だけでまわるのさ」

「ふふ、第二ラウンドの前の小休止ってとこだね」

幸子がそっと口元を寄せてきた。

「あのさ、お祖父ちゃんが死んで、いよいよ土地争い本格的になってきたんだよ。弥生叔母さんたち、やっぱり裁判やるみたい。皆仲よくしてても、お腹の中は何を考えてんだか」

それに答えない夫に幸子は続ける。

「でもいいよ、いいよ。死ぬまで喧嘩《けんか》出来るわけじゃなし。憎み合っていがみ合って、そして許し合うのが家族だもんね」

お前、いいこと言うじゃんと、忠紘はおどけて片手をあげる。

（完）

解説

平松洋子

手強《てごわ》い小説である。家族をめぐる破天荒な面白さ、そこへ人間を洞察する著者の眼の動きがサッカーのキラーパスのようにシュッ、シュッと決まって場面を動かしてゆく。油断できない展開を追いかけながら、ぷっと噴き出したり、そうだそうだと肯《うなず》いたり、ほろりときたり、ええーそっちの方向ですか⁉　と唖然《あぜん》としたりするのだが、と同時に、要所要所で放たれるキラーパスの鋭さに戦慄《せんりつ》する。気が抜けないなあ、と思いながらずんずん引きこまれる自分がいる。

家族のありさまは、もうそれだけで曼荼羅絵《まんだらえ》のようなもの。どこの家でも、玄関を上がったら裃《かみしも》を脱いだナマの人間がそこにいるのだから、面倒が起こるのは当然。うまく転がっているときはいいけれど、異物が投げこまれたら、とたんに障害物競走が待っている。揉《も》めごとのタネは、たいていカネと利権と愛憎……このへんの事情に異論を唱えるひとはおられまい。むしろ、よーく身に染みているから、よその家族の話によけい身を乗り出してしまう。だって、明日は我が身だもの。

本作の妙味のすべては、冒頭に書いた通り、人間にたいする著者ならではの洞察の深さによる。感情の綾という言葉があるけれど、焙《あぶ》り出されるのはそんなもんじゃあない。家族という船に乗り合わせた老若男女の心の裏の読み合いは、狐《きつね》と狸《たぬき》の化かし合い。

すったもんだの攻防戦を、薄皮を剝《は》がすように描く手つきが冴え渡る。菊池《きくち》家の嫁、幸子《さちこ》のキャラクターは迫力満点だ。ひと回り年下の夫、忠紘《ただひろ》と結婚したのは三十六歳のとき。すでに夫と娘がいる三人家族だったが、博多に赴任中の忠紘と恋愛関係に陥り、走り出した列車の勢いは止められず離婚して東京へ。周囲の大反対を押し切って結婚、二人目の子どもは四十三歳で高齢出産……エネルギーが四肢に充満している博多の女だ。そして約十年後、寝たきりになった忠紘の祖母、淑子《としこ》の世話をするために船橋の持ち家をいったん出て、一家全員で忠紘の実家に引っ越し……美談めいた話なのだが、そこはそれ、菊池家三代にわたる面々の野望と思惑が絡み合い、騒動のたびに人間関係はややこしくなってゆく。

上へ下への大騒動とみせて、じつは構造ががっちりと組まれた物語だ。祖父母の世代、父母の世代、子世代、それぞれの来《こ》し方が縦横に織りなされ、大なり小なり力を及ぼし合うので、〝因果応報〟とか〝似た者同士〟という言葉も脳裏に浮かぶ。家族って、そもそも厄介にできているものなんだなあ。菊池家の八十代の祖父母はかつて激しい恋愛結婚で結ばれたが、五十代の父母は平凡な見合い結婚、その下の子世代の忠紘と幸子は不倫と恋愛を経て結婚。ひと世代の前と後ろに目配りして俯瞰すれば、おのずと百年の歳月が見えてくるし、それなりの山や谷がいくつも見つかる。母の房《ふさ》枝《え》はかつて、気位の高い姑《しゅうとめ》の淑子から、「このうちの嫁にしちゃ下過ぎる」と嫌みを言われて貶《おとし》められ、箸の上げ下ろしまでちくちくとあげつらわれて、長らく犬猿の仲。しかし、自分の息子が年上女房をもとうというときは、「大事な息子があばずれ女にたぶらかされた」と掌返《てのひらがえ》し。以来ずっと房枝と幸子の仲はぎくしゃくしたまま、一触即発の危うい関係だ。

しかし、あえて三すくみの状況に突進する幸子の勢いに、スカッとする。そもそも「地元で有名な建築屋」の愛人だった母が産んだ娘で、修羅場を踏んできたから腹が据わっている。母娘ともども身体を張って生きてくれば、他人の胸のうちにも敏感なのだ。頭のてっぺんから爪先までリアリティの積み重ねで出来ていて、遠慮も気取りもなくふるまう幸子のような人、たまにいるなあと思いながら親しみが湧くのだが、いざ探すとなかなかいない、そういうタイプ。

「人情と正義の人、幸子さん」が喋ると、閉塞《へいそく》状況にずどんと風穴が空く。

「だけどこの家の人たちは本当に冷たいよぉ……」

ブスッと容赦なく斬り込み、自分の祖母が病の床についていたときの介護経験を口にするのだが、そのときこんな会話を夫と交わす。

「(前略) だけどさ、後始末する時にやっぱり見えるんだ。お祖母ちゃんのあそこの毛、薄くなっててさ、私、こんなに年とってても毛がちゃんとあるんだってとっても不思議な気がしたのを憶《おぼ》えてる」

「くだらないこと言うなよ」

「くだらないことじゃないよ。もうじき死んでく人の毛を見るっていうのも、私はすごく大切な勉強だと思うよ(後略)」(「引っ越し」)

どきっとさせられ、人生の深淵《しんえん》を覗《のぞ》き込んだ気持ちを味わう。「もうじき死んでいく人の毛を見る」というあけすけな物言いのなかに情けがこもっているから、心の深いところに刺さるのだ。考えるより手足と口が先に出る幸子だけれど、とくに付き合いのなかった祖母淑子の面倒をみようと意気軒昂《いきけんこう》に乗り込んでくるのは、孤立無援だった結婚当時、ただひとり親身になって接してくれたのが淑子だったから、という義《ぎ》侠心《きょうしん》による。もちろん、この機に菊池家全員に恩を売っておこう、自分の存在感を見せつけて認められたいという欲も企《たくら》みもある。一発大逆転のチャンス。なににつけ、熱い女なのである。

だから当然、女たちの確執も生まれる。三つ巴《どもえ》のバトルに参戦するのは、忠紘の妹の久美子《くみこ》や叔母の弥生《やよい》たち。実家で同居する久美子は婚活まっさかりだし、弥生は大阪に住んでいると見せかけ、じつは近所に暮らして淑子の介護を避けていることが判明する。彼女たちの動向をつぶさに分析する幸子の情報分析力は、超有能な探偵さながら。仮面をつけたり外したり、裏の裏を読みながら動く展開は抱腹絶倒、サスペンスフル、じわりと染みる人情味、ときにホラー。深謀遠慮《しんぼうえんりょ》が渦巻く親族会議のさなか、話題の中心人物の淑子が起き出してきて「へび女」のように登場する場面は、怖ろしくて可笑《おか》しく、思わず「ひいっ」と声が漏れてしまった。

リアルな生活の細部が、おもちゃ箱のなかから飛び出してくる兵隊さんのように、これでもかと現れる。茶を啜《すす》る音。ものを食べる口の動きや手つき。洗い物をするガチャガチャとせわしない空気。家族小説には、生きて暮らすという人間のおこないから決して目を逸らさない強靭《きょうじん》さがある。料理ひとつとっても、房枝と久美子の母娘は味音痴で料理嫌いだが、いっぽう幸子は近所の魚屋にも太鼓判を押される料理上手、〆鯖《しめさば》や茶碗蒸しもぱっとこしらえ、久美子の婚活に手の込んだ弁当を提供してやったりもする。生活のこまごましたところに人間の本性が現れるということを、著者は見抜いているから容赦がない。家族が集まるとき、買ってきたシュークリームの数に、集まる顔ぶれの計算が現れていると幸子が喝破《かっぱ》する場面の描写など、鋭利な刃物の切れ味を見るかのよう。で、玄関で置物のカッコーがのんきに鳴いたりする。

役者がそろって切った張ったが続くなか、幸子の夫、忠紘の存在が緩衝体《かんしょうたい》となってほっとさせられる。お坊ちゃん気質でのんびり構えるのが習い性の忠紘は、妻に船頭役を任せておけばまあどうにかなるんじゃないかと踏んでいる。そんな自分を卑下もせず、徒労感はあるものの「まあ、よくやってきた」と自画自賛。割れ鍋に綴《と》じ蓋《ぶた》だから、幸子とはウマが合っているのだ。じっさい、忠紘と幸子が醸《かも》す夫婦の睦《むつ》み合いのぬくもりがじんわりくる。

「忠紘にはわかる。いま、自分の横にぴったりと座り、体温を送り続けている小太りの女がいなければ生きてはいけない。愛している、とか、かけがえのない、という言葉でも説明出来ない。そう幸子こそ家族なのだ。父よりも母よりも切実に家族なのである」（真夏の策略）

おたがい〝まあこんなもんかな、上々じゃないか〟と思い直しながら、目尻に皺《しわ》の増えた男女はひとつ屋根の下に帰っていくのである。

最後の一ページをめくり終えても、気になる。冠木門《かぶきもん》のある古風な門構えの一軒家は、この先どうなるのだろう。三階建てのリカーショップ・キクチの行方は、果たして。カネと利権と愛憎のタネは尽きまじ。「素晴らしき家族旅行」が向かう先は、菊池家のだれにも、私たち読者にもわからない。知っているのは著者だけなのである。

（2020年4月　エッセイスト）

この作品は１９９４年毎日新聞社より刊行されました。

著者略歴

林　真理子（はやし・まりこ）

１９５４年山梨県生まれ。日本大学芸術学部卒業。82年エッセイ集『ルンルンを買っておうちに帰ろう』でデビュー。ベストセラーとなる。86年「最終便に間に合えば」「京都まで」で第94回直木賞を受賞。95年『白蓮れんれん』で第8回柴田錬三郎賞を、98年『みんなの秘密』で第32回吉川英治文学賞を、２０１３年『アスクレピオスの愛人』で第20回島清恋愛文学賞を受賞。18年に紫綬褒章を受章。近著に『西郷どん！』『愉楽にて』『夜明けのＭ』『我らがパラダイス』『綴る女――評伝・宮尾登美子』などがある。

装丁　田中久子
装画　岡野賢介

毎日文庫

素晴《すば》らしき家族旅行《かぞくりょこう》　下《げ》

第1刷　2020年6月10日
第7刷　2021年11月20日

著者　林真理子《はやしまりこ》
発行人　小島明日奈
発行所　毎日新聞出版
東京都千代田区九段南1-6-17 千代田会館5階
〒102-0074
営業本部：03(6265)6941
図書第一編集部：03(6265)6745
ブックデザイン　鈴木成一デザイン室
印刷・製本　中央精版印刷

 ISBN978-4-620-21030-8